絶叫脱出ゲーム
~奴隷部屋カラ今スグ逃ゲロ~

西羽咲花月

あたしが暮らしている〈mother〉という都市には、
レッテルシステムがある。
生まれたときから体内に埋め込まれているチップが、
個人の行動をすべて把握している。

普通に生きている人間は問題ない。
だが、法を犯すことや悪事を繰り返し行った場合、
『下位レッテル』が貼られる。
下位レッテルを貼られた者は、
街の中心にある〈mother〉という名の建物に収容され、
更正施設に入れられる……。
そんな話、嘘だった。

「みなさま、おはようございます。ここは〈mother〉の奴隷部屋です」
「あなたたち50名は、人としての価値がないものとなってしまいました。よって、今から〈mother〉の奴隷となっていただきます」

　そう、ここは奴隷部屋だったんだ……。

contents

1 章

下位レッテル	8
心中未遂	12
アナウンス	16
自己紹介	26
ルーム1	35
ルーム2	46
ルーム3	60
ルーム4	72
ルーム5	86

2 章

新メンバー	96
ルーム6	102
裏切り	127
ルーム7	131
ルーム8	146
7daysミッション	154

3章

7daysゲーム	160
計画	166
選ぶ	178
どっち？	192
イベント	203
不安	212
ニセ物	221
残り1人	227
予備のチケット	236

最終章

最後の日	250
当日	257
集合時間	263
勝者	275
未来へ	283

あとがき	288

1章

下位レッテル

　目が覚めたとき、あたしは灰色の部屋の中にいた。
　頭が痛くてこめかみに手を当てると、血管がドクンドクンと脈打っているのがわかった。
　あたしは、いったいどうしてしまったんだろう?
　その疑問が浮かんだ瞬間、言い知れぬ不安が胸を覆い尽くした。
　あたしの名前は世田朱里。
　梅田高校の2年生、16歳。
　うん、そう。
　よかった、覚えている。
　一瞬、重度の記憶喪失になってしまったのかと思ったけど、自分の情報はちゃんと持っていた。
　自分が何者であるかしっかりと覚えていることに少し安心したあたしは、周囲を見まわす。
　どのくらいの広さがあるのかわからないけど、灰色で真四角の部屋だ。
　窓はなく、天井からぶら下がっている裸電球1個が周囲を照らし出している。
　部屋の中には同年代くらいの男女がいて、あたしのように目を覚まして混乱した表情を浮かべる子もいれば、まだ固く目を閉じている子もいる。
　ざっと見て、この部屋には50人くらいの人がいることが

わかった。
「ってぇ……」
　あたしの隣で見知らぬ少年が目を覚まし、顔をしかめて頭を押さえる。
　あたしは、その整った顔立ちをした少年の首に視線が釘づけになっていた。
「なんだよ、お前」
　あたしの視線に気がついた少年が、怪訝そうな表情であたしを見返してきた。
　あたしは「それ、何？」と、少年の首を指さす。
「は？」
　少年は首をかしげ、自分の首に触れた。
　その瞬間、表情がこわばる。
「なんだよ、これ」
「待って、あたしにもついてる」
　自分の首に触れてみると、少年と同じものが自分の首にもつけられていることがわかった。
　首輪、だ……。
　周囲を見ると、ここにいる全員の首に同じような銀色の首輪がつけられていることがわかった。
　少年は首輪と首の間に指を突っ込んで無理やり取ろうとしているが、ビクともしない。
「何か書いてある」
　少年の首輪には何か文字が刻まれていて、あたしは身を乗り出してそれを読んだ。

「……mother」

たしかに、首輪には英語で【mother】と書かれている。
「motherって、〈mother〉か？」
「たぶん、そうだと思うよ」

あたしは少年の言葉に頷いた。

〈mother〉とは、あたしたちが暮らしている都市の名前。

少し変わった名前だけど、〈mother〉という名の大きな建物が街の中心に立っているため、その名がついた。

人口10万人ほどの都市だ。
「ということは、ここは下位レッテル者の集まる場所だね」

あたしはそう言い、ホッと息を吐き出した。

てっきり妙な団体に集団誘拐されてしまったのかと思ったけど、ここが〈mother〉の中ならまず安心。

〈mother〉の中では、暮らしている人すべてにレッテルが貼られる。

自分にどのレッテルが貼られているかという確認はできないけど、よい行いをすればよいレッテルが、悪い行いをすれば悪いレッテルが貼られる。

つまり、悪いことさえしなければ、なんの問題もなく生活を続けることができるのだ。

しかし、そのレッテルのランクが下位に入った場合、更正施設に入れられるようになっている。

〈mother〉で暮らすのに必要な教育を、もう一度受けるというシステムがあるからだ。
「下位レッテルが集まる場所だなんて、よくわかったね」

少年が表情を歪めてそう言った。
「そんなの自分がいちばんよくわかってるでしょ？」
　あたしは呆れたようにそう言った。
　レッテルは自分の行動がそのまま反映されている。
　正直、あたしはしてはいけないことをした。
　下位レッテルを貼られることも承知で、〈mother〉内のルールを破ったのだ。
　そんなあたしが気がつけばここにいたのだから、みんなだって同じように下位の人間に決まっている。
「それにしても、首輪をつけられるなんて聞いたことがないよね」
　あたしはそう言いながら自分の首に触れて、その冷たい感触に眉を寄せた。
「だな。これだけの人間が集められているんだから、1人ひとりを把握するために必要なのかもしれないけれど」
「それならブレスレットでもなんでもいいのにね」
　首輪だと、なんだか動物扱いされているようで気分はよくない。
　しばらくして、頭痛が治まったあたしは立ち上がった。
「どこへ行くんだい？」
「知り合いを探しに」
　あたしはそう言い、歩き出したのだった。

心中未遂

　灰色の箱のような部屋の中、あたしは自分の彼氏を探して歩いていた。

　あたしが今ここにいるということは、彼氏である田之上翔吾も、ここにいる可能性がある。

　だって、あたしたち２人は……。

　そんなことを考えていると、不意に右足を掴まれて、あたしは小さく悲鳴を上げた。

　驚いて振り返ると、横たわっている翔吾の姿を見つけた。

　翔吾は今、目が覚めたところなのか、顔をしかめてあたしの足首を掴んでいる。

「翔吾！」

　あたしはしゃがみ込み、翔吾の体を支えて起こした。

「ここはどこだ？　どうなってる？」

　周囲を見まわし、混乱したようにそう言う翔吾。

「ここは〈mother〉の中みたい。あたしたち心中に失敗して更正施設に連れてこられたんだと思う」

　あたしは、ここへ来て考えたことを翔吾へ伝えた。

　あたしたち２人はここへ来る前、心中をしようとしていたのだ。

　自殺や心中は、〈mother〉のという都市の中では殺人罪と同じほどの罪になる。

　だから、それに失敗したあたしたちのレッテルは、殺人

者と同じものまで引き下げられているはずだ。
「そうか……俺たち、死ねなかったんだな……」
　翔吾は悔しそうに下唇を噛んだ。
　あたしは翔吾の柔らかな髪に触れて、そっと撫でた。
「心配しなくてもきっと大丈夫だよ。ここで勉強をし直して外へ出れば、きっと元どおりの生活ができる。死ぬなんて考えなくてもよくなるかもしれない」
　自分に言い聞かせるようにして、翔吾に言う。
「あぁ。そうだな」
　翔吾は、あたしの手を握りしめて強く頷いた。
　ここへ入れられた人間は、とにかく勉強を最優先とした生活を送らされると噂には聞いていた。
　勉強を終えて更正施設から出てきた人はみな希望と夢に満ちていて、素敵な毎日を送っているらしい。
　だから、あたしたちもそうなるはずだ。
「朱里」
　不意に翔吾があたしの体を抱き寄せた。
　とっさのことで心臓がドキンッと跳ねる。
　でも、翔吾は真剣な表情でどこかよそを見ている。
「翔吾、いったいどうしたの？」
　そう聞いて翔吾の視線の先へ目をやったとき、いちばん会いたくない相手がそこにいることに気がついた。
　ピンク色に髪を染めた派手な女と、茶髪で口にピアスの穴を開けた男。
　松井桃乃と山下雷だ。

あたしたちを心中未遂に追い込んだ原因の２人……。
あたしはギリッと奥歯を噛みしめた。
あたしたち２人がここへ来るということは、当然その原因となった人間もここに来るということだ。
きっと、あたしたちは２人と同じレッテルを貼られていることだろう。
「あいつらと一緒に勉強しなきゃならないの？」
あたしは、無意識のうちに顔をしかめてそう聞いた。
「そうなるかもしれないな……」
翔吾は２人から視線をそらし、深呼吸を繰り返した。
わき起こる怒りを、どうにか静めているのだろう。
「この空間に一緒にいるだけでも吐き気がしてくる」
あたしはそう言い、翔吾の胸に顔をうずめた。
教育は各人のレベルに合わせて進行していくため、いつ施設から出られるかはわからない。
ここを出るまで、あの２人と毎日顔を合わさなければならないのかと考えると、心の奥がズッシリと重たくなった。
「俺が一緒にいる。きっと大丈夫だ」
翔吾がそう言い、あたしの背中をさする。
そうしてくれるだけで、ずいぶんと気持ちが落ちついてくるのを感じた。
翔吾の手の温かさは、いつだって魔法のようにあたしに安心を与えてくれるのだ。
「でも、ここにいるのはあの２人だけなのかな？」
あたしは、翔吾の胸に顔をうずめたままそう聞いた。

あのときのメンバーは、たしか4人。
あの2人だけじゃなかったはず。
「わからない。もしかしたらどこかにいるのかもしれない」
そう言いながらも、翔吾はそのメンバーたちを探そうとはしなかった。
これ以上、気持ちが乱れてはいけないと考えているのかもしれない。
それなら、あたしもそうしよう。
あいつらはきっと全員ここにいるだろう。
だけど探さない。
気にしないことにしよう。
あたしは、そっと翔吾の足に触れた。
「早く、一緒にここから出ようね」
そう、ささやいたのだった。

アナウンス

〈mother〉という都市に生まれた人間は、生まれたときに体内にＩＣチップを埋め込まれる。

そのチップが、その人間の感情や行動をすべて把握しているのだ。

当然、今ここにいるみんなの体内にも、そしてあたしの体内にもチップは存在している。

チップの存在が抑止力となり、争いごとがほとんどない都市が実現できている。

ここで暮らす市民たちはみんなそれを理解し、〈mother〉に協力していた。

「俺たち、いつまでここで待っていればいいんだろうな」

翔吾が呟く。

時計はないけれど、目覚めてから数十分ほど経過しているように感じる。

部屋の中にいる50人ほどの人たちもほぼ目が覚め、ざわつきはじめていた。

あたしは翔吾の手を強く握りしめた。

薄暗い空間が、やけに不安を駆り立てている。

わざわざこんな部屋に集める理由はなんなのだろうと。

困惑が広がっていったとき、どこからか人の声が聞こえ出した。

「みなさま、おはようございます。ここは〈mother〉の奴

隷部屋です」

 天井に取りつけられているスピーカーから男の声が聞こえてきて、部屋の中は一瞬にしてざわめきたった。

 『奴隷部屋』という聞き慣れないフレーズに、みんなが一斉に反応をみせたのだ。

 翔吾は眉間にシワを寄せて首をかしげた。

 あたしは翔吾と目を見かわせた。

「何かのパフォーマンスだろ」

 どこからそんな声が聞こえてくる。

 たしかに、そんな感じがする。

 〈mother〉の中で守られて生きてきたあたしたちに、《奴隷》などという不気味な単語はあまりにも現実離れしていた。

 しかしアナウンスの声の主は話を続けた。

「あなたたち50名は、人としての価値がないものとなってしまいました。よって、今から〈mother〉の奴隷となっていただきます」

 淡々と説明する男の声に、どこからか笑い声が漏れた。

 あたしも思わず笑ってしまう。

 〈mother〉の奴隷なんて、ギャグにしか聞こえない。

「これから大切なことを説明しますので、お静かにお願いします」

 声の主がそう言っても、ざわめきや笑い声は途絶えない。

 そのため、スピーカーから聞こえてくる声は、ほとんどかき消されてしまった。

 辛うじて聞こえる声に、あたしは懸命に耳を澄ます。

「もう一度、言います。あなたたち50名は人としての価値がないものとなってしまいました。そのため……」
「出てこい、この野郎！」
　すると、アナウンスが終わらないうちに、1人の男がスピーカーに向かって声を上げた。
　声を上げたであろう男が立ち上がってスピーカーを指しているのが、人の隙間からかろうじて見えた。
　遠目からでもわかるくらい、男は体格がよかった。
　腕に相当な自信があるのだろう。
　どこかニヤけているようにも見えた。
「どこかで俺たちのことを見てからかってんだろ!!　何が奴隷部屋だ！　ここから出せ！　なんなら相手になってやってもいいんだぞ!?」
　男はそう言い、ファイティングポーズをとってみせる。
「お静かにお願いします」
　スピーカーからは相変わらず抑揚のない声が聞こえてくるが、男はさらに調子に乗って暴言を吐きはじめた。
「俺のことが怖くて出てこれねぇんだってよ！」
　それを聞いて周囲が再び笑いに包まれた……その瞬間。
　男が不意に静かになり、その場で体をビクビクと跳ねさせた。
　それはまるで打ち上げられた魚のようで、あたしはキョトンとしてその様子を見ていた。
　男は自分の首輪に手をやり、何か話そうと口を動かしている。

しかし、ここまで声は聞こえてこない。
「なんの遊びだ？」
　翔吾がそう言い、首をかしげる。
　次の瞬間、男性は口から泡を吹き、白目をむいてその場にバッタリと倒れてしまったのだ。
　同時に、何かを焦がしたような強烈な異臭が立ち込め、部屋の中が一瞬、静寂に包まれる。
　何が起こっているのかわからず、あたしは膝立ちをして状況を把握しようとした。
　そのときだった。
　近くにいた女の子が我に返ったように「死んでる!!」と大きな声で叫び、悲鳴を上げた。
　それを引き金にして男の周囲にいた子たちが一斉にその場から逃げ出し、部屋の中は悲鳴と怒号で包まれる。
「電流!?　この首輪から電流が流れてるって言ってたぞ!!」
　誰かが叫んだ。
　あたしは無意識のうちに自分の首輪に触れていた。
　この異臭は、人間の皮膚が焦げるニオイ？
　理解するより先に、寒気を感じた。
　倒れた男は、いったいどうなったんだろう？
　近づいて確認したくても、その勇気はなかった。
　さっきまでの威勢のいい声がいっさい聞こえてこないのが、疑問の答えなのだとわかったのもある。
「死んだなんて冗談でしょう？」
「意味わかんないよ！」

「奴隷ってどういうこと!?」
　あちこちから混乱した声が聞こえてきて、あたしは翔吾の腕を掴んだ。
「翔吾……」
「大丈夫だ。これもきっと何かの演出だよ」
　翔吾はそう言うけど、これが演出などではないことは、すでにここにいる全員がわかっているだろう。
　人間の皮膚らしきものが焦げたニオイが部屋の中に充満し、吐き気が込み上げてくる。
　我慢しきれず、その場に嘔吐してしまう子もいた。
「誰かが、この部屋の状況を見てるんだろ!?　誰でもいい、助けてくれ!!」
　若い男の子が大きな声で叫んだ。
　どこかにあるはずの監視カメラを探して、両手を振っている。
「そうだよ、ここって〈mother〉の中なんだよね？　だったらきっと助けてくれるはずだよ！」
　男の子の隣にいた女の子もそう言い、同じように両手を振って助けを求めはじめた。
　だけど、あたしたちをここへ連れてきてこの首輪をつけたのも、間違いなく〈mother〉の人間だ。
　あたしは翔吾へ視線を向けた。
　翔吾は黙ったまま左右に首を振ってみせた。
　今は何もせずに、アナウンスの声を待つほうがいいと判断したのだろう。

「なぁ、おい！　人が死んでるんだ！　吐いてる奴もいる!!　助けてくれよ!!」

　男の子は必死で訴える。

　その目には涙が滲んでいた。

　ところが、スピーカーから流れてきたのは、呆れたようなため息だった。

　そして……、

「お静かにお願いします。そう言ったはずです」

　声がそう言うと、男の子から表情が消えた。

　次の瞬間、男の子はビリビリと痙攣するように体を震わせ、そのまま横倒しに倒れた。

「いやっ……！」

　男の子に賛同していた女の子が、その場から壁際へと逃げ出す。

　横倒しになった男の子は眼球がこぼれ落ちそうなほど目を見開き、口の端からヨダレを垂らす。

　その首から煙が出てくるのが見えた。

　首輪の周辺の皮膚が黒く焦げ、真っ赤な血がジワジワと流れ出す。

　さらに焦げた皮膚が剥がれ、その内側の肉があらわになる。

「やめて!!」

「電流を止めろ！　頼むから！」

「お願い、止めて!!」

　周囲の人間が絶叫にも似た声で懇願しても、電流が止まることはなかった。

やがて、男の子はピクリとも動かなくなってしまった。
「この段階で2人も殺さなければならないなんて、前代未聞です。下位レッテルにしてもあまりにもひどい」
　スピーカーの向こうにいる人物が、ため息を吐き出した。
　あたしは唖然としたまま呼吸をするのも忘れていた。
　たった数分の間に2人の人間が死んでしまった。
　その現実があまりにも衝撃的で、頭の中は真っ白だ。
　もう、誰も何も言わなかった。
　時折すすり泣く声や嘔吐する音が聞こえるだけで、言葉を発する者はいなかった。
　この場にいる誰もが、声の主が次に何を言うのか怯えながら待っている。
「朱里、こっちへ」
　翔吾が小さな声でそう言い、あたしの手を掴んだ。
　手を引かれたあたしは、集団から離れた場所へと移動する。
「あたしたち、これからどうなるの？」
　そう尋ねる自分の声が、情けないほどに震えていることに気がついた。
　あたしの手を握りしめている翔吾の手も、明らかに震えていた。
「どうにかして、ここから出られないかな」
　翔吾はそう呟き、壁にある大きなドアを見た。
　あのドアが開くかどうかはわからない。
　むやみに動くと、さっきの男性たちと同じような結果になる可能性だってある。

壁に手を当てた翔吾が、一瞬首をひねった。
「どうしたの？」
「この壁……」
　そう言いかけたとき、またアナウンスが響いてきた。
「どうしようもないあなた方に、今回は特別に逃げ道を用意しました。どうしても奴隷になるのが嫌な方は、今から10秒以内にドアから外へ脱出してください」
　なんの前触れもなくそう言われ、カウントダウンがはじまる。
「翔吾！」
　ぼんやりしている翔吾に声をかけると、翔吾はようやく我に返った。
「ドアから出なきゃ！」
　しかし、先ほどのドアはすでに何十人という人が押しかけていて、出口は完全に塞がっている。
　どうしよう。
　これじゃ出られない！
「5、4、3」
　カウントダウンは容赦なく進んでいく。
　そのときだった。
　壁に手を当てていた翔吾が、その手に軽く力を込めた。
　瞬間、灰色の壁だった部分が音を立てて外側へ向けて開いた。
　忍者屋敷のように、からくり扉になっていたのだ。
　あたしは目を見開き、翔吾に手を引かれるまま外へと転

げ出た。

　ドアの内側から、何人もの男女が外へ出ようと手を伸ばす。

　しかし、カウントダウンは無情にもタイムアウトを告げ、開いていたドアと壁のからくり扉は自動的に閉められてしまった。

「……助かったの……？」

　灰色の部屋から出ても、そこには灰色の大きな通路があるだけで、出口がどこにあるのかわからなかった。

　でも、あの部屋からは出られたんだ。

「きっと大丈夫だ。行こう」

　翔吾がそう言い、あたしの手を握り直す。

　落ちついているように見える翔吾だけれど、その手のひらは汗ばんでいて緊張していることがわかった。

　通路にはあたしたち以外に４人の男女がいて、彼らは大きなドアからかろうじて出てこられた様子だった。

　その中には山下雷と松井桃乃の姿もあり、あたしは一瞬顔をしかめた。

　この２人は奴隷としてふさわしい人間だ。

　そんなことを思ってはいけないとわかっているけれど、どうしても２人と一緒に外へ出られたことは喜べなかった。

　他の２人は男の子と女の子で、２人ともあたしたちと同年代くらいに見えた。

　この子たちがどうしてここにいるのか気になったけど、あたしは何も聞かなかった。

きっと、ここから出れば、もう二度と関わることのない子たちだ。
　廊下はまっすぐに通じていて、その先は見えない。
　しかし背後は行き止まりになっているので、あたしたちは前に進むしかなかった。
　みんなもそれに気づき、あたしたち６人は無言のまま、誰からともなく長い廊下を歩き出したのだった……。

自己紹介

　無言のまま歩いていると、女の子が話しかけてきた。

　黒髪をおさげに束ねていて、地味な印象の子だ。

　この子が下位レッテル者だなんて、きっと誰も思わないだろう。

「ねぇ、どうせだから自己紹介くらいしない？」

　その声は高く、この場には似つかわしくない華やかさがあった。

　見た目とのギャップに少しだけ驚いていると、

「自己紹介くらいなら、いいよ」

　男の子が、そう言って頷く。

「じゃぁ、あたしからね。あたしの名前は木原春奈。16歳のフリーターよ」

「俺は宮井ルキ。15歳。高校1年生だ」

　2人の自己紹介に、あたしは「そうなんだ」と、軽く返事をした。

　ルキはもともと色素が薄いのか、髪の毛の色も瞳の色も茶色っぽい。

　ハーフのような顔立ちをしていて、女の子のようにきれいな子だ。

　やっぱり、2人とも同年代だったようだ。

　あたしと翔吾の自己紹介も終わり、春奈とルキの視線が残りの2人に向けられる。

「そっちの派手な2人は？」

春奈にそう言われ、桃乃が面倒くさそうに口を開いた。

「松井桃乃、18歳。こっちは山下雷、17歳」

桃乃のほうが年上だったのか。

派手な外見で年齢がいまいちわからなかったけど、それには少し驚いた。

雷には年齢以上の威圧感がある。

「2人とも雰囲気が悪いな」

ルキがそう言い桃乃と雷を見ると、桃乃は軽く舌打ちをしてルキを睨む。

雷はたいして興味がないようで、大きなあくびをしている。

いきなり険悪なムードになるような発言をするなんて、ルキは何を考えているんだろう。

そう思い、あたしはチラリと翔吾を見た。

でも、翔吾は軽く肩をすくめただけだった。

ルキは、すぐに外へ出られるから不機嫌になられても大丈夫だと思っているのかもしれない。

桃乃と雷のことを知らない証拠だ。

「ねぇ、このまま進んで外へ出られると思う？」

歩きながら春奈がそう言うと、

「『逃げ道を用意した』って言ってたんだから、出られるんだろ？」

続けて、ルキが言う。

そのルキの言葉に、あたしは一瞬、違和感を覚えた。

"逃げ道を用意した"と"外へ出られる"は、少し意味

合いが違う気がしたのだ。
　あたしたちはあくまで"逃げ道を確保できた"というだけで、逃げられるかどうかは別問題じゃないの？
　そう感じたから。
　でも、根拠のない考えでみんなを混乱させるわけにもいかず、それについては何も言わないことにした。
　あたしは、また自分の首輪に触れた。
「これって、外へ出たら外してもらえるのかな？」
「そりゃぁ外してくれるだろ。じゃないと普通の生活に戻れない」
　ルキが答える。
　たしかにそのとおりだ。
　いつ自分の命を奪うかもわからない道具が首についている生活なんて、あたしは耐えられない。
　だけど、首輪が外れるような感覚は一切なかった。
「大丈夫だよ、朱里。きっと外へ出るときに外してもらえるんだ」
　翔吾がそう言い、あたしの背中をゆっくりと撫でた。
「そうだよね……」
　あたしはどうにか納得して、先の見えない通路へと視線を戻したのだった。

　しばらく無言のまま歩いていると、通路は突き当たりにたどりついた。
　真正面の突き当たりには大きなドアが1つ。

その前で、自然と全員が足を止める形になった。
「このドア、開けていいと思うか？」
　翔吾が誰ともなくそう尋ねる。
「開けるしかないでしょ。他に道はないんだから」
　桃乃の返答を翔吾は無視し、あたしを見た。
「あたしも、そう思うよ」
「そうか。じゃぁ、開けるぞ」
　翔吾が銀色の丸いドアノブに手をかけ、そしてそれをまわした。
　ガチャ……と、音がしてドアが開く。
　恐る恐る開かれたドアの向こうには、4畳半くらいの小さな部屋が広がっていた。
　そこは灰色のコンクリートに覆われていて、ついさっき脱出してきた奴隷部屋を思い出させた。
「なんだろう、この部屋」
　桃乃が呟きながら先頭を行く。
「向こうのドアから出られるんじゃないか？」
　雷がそう言い、入ってきたのとは逆側のドアを指さす。
　桃乃がそのドアに手を伸ばしかけたとき、「待って」と、ルキが声をかけた。
　見ると、部屋の真ん中に白いメモが置いてあるのが見えた。
　桃乃はドアノブへと伸ばした手を引っ込め、あたしたち6人はメモを囲むようにして立った。
　そして、ルキがしゃがみ込んでメモを手に取った瞬間、

入ってきたドアが音を立てて閉じたのだ。
　一瞬、全員の視線がそちらへ向く。
　冷や汗が背中を伝って落ちるのを感じた。
　でも、こうなることはなんとなく予測できていた。
　あの《奴隷部屋》で本当に人が死んだのだ。
　それを見ていたあたしたちが、簡単にこの建物から出られるはずがない。
　長い廊下を歩きながら感じていたことが、現実となって目の前に現れた感覚だ。
「その紙、なんて書いてあるの？」
　春奈が聞くと、ルキがメモの文字を読み上げはじめた。
「【この中で、外に出るのにふさわしい人間を１人決めて投票しなさい】って……」
「なんだよそれ」
　翔吾が、ため息とともにそんな言葉を吐き出した。
　簡単に言い直せば、"ここにいる全員が脱出することはできない"。
　そういう意味合いだ。
「ここで１人を決めれば、そいつだけ外に出られるってことか？　バカバカしいな」
　雷がフンッと鼻を鳴らしてそう言った。
　雷の意見に賛同するのは嫌だったけれど、たしかにそのとおりだった。
　選ばれた１人だけ出られるなんて、不公平だ。
　なんのために《奴隷部屋》から脱出してきたのかわから

ない。
「選ばれなかった人間はどうなる？」
　翔吾がルキに聞く。
「書いてない」
　ルキは左右に首を振ってそう答えた。
　念のため横目で紙に書いてある内容を確認してみるけど、ルキの言うとおり、それに関しては何も書かれていなかった。
「どうせ《奴隷部屋》に逆戻りなんだろ」
　雷が言う。
「そのくらいなら、いいんだけどな……」
　翔吾は真剣な表情でそう呟いた。
　でも、その声はあたしにしか聞こえなかったようで、みんな何も言わなかった。
「この中で１人を決めるなんて無理だろ。互いのことを知らなさすぎる」
　気を取り直すようにルキが言う。
「知っていても、自分を犠牲にする勇気があるかどうか……」
　あたしは小さく呟いた。
　１人だけ助かるのなら、あたしは迷わず翔吾を選ぶ。
　だけど、翔吾はきっとあたしを選ぶ。
　その時点で票が割れ、２人とも助からなくなってしまう可能性が出てくる。
　こうなれば、あたしたちのうちどちらか１人だけでも生き残る方法を見つけたい。

きっと、みんなも同じようなことを考えているのだろう。

　さっきから、みんなが黙り込んでしまった。

「なぁ、なんか音がしないか？」

　そう言ったのはルキだった。

「音？」

　首をかしげる春奈に、「シッ」と、ルキが人差し指を立てて見せた。

　みんなは考えることをやめて耳をすます。

　すると、かすかにだが何か物音が聞こえてきているのがわかった。

　それは何かがこすれるような、そんな音だ。

「なんの音……？」

　桃乃が狭い室内を見まわして呟く。

　しかし、音が鳴るような原因はどこにも見当たらない。

　誰もが首をかしげた、そのときだった。

　天井からホコリが舞い、翔吾の肩に落ちた。

　それを手でつまんでみると、灰色をしたコンクリートの破片のようなものだということがわかった。

「これって……」

　あたしが言いかけたとき、翔吾の視線が天井へと向けられた。

　他の全員も、それにつられて天井を見上げる。

「嘘だろ……」

　ルキが呟く。

「信じられない」

春奈が怒りを込めた口調で言った。
「まさか、そんなことあり得る？」
 桃乃が混乱した声を上げると、「天井が下りてきてる」と、翔吾が言った。
 ゆっくりと、けれど確実に部屋の天井が下りてきているのだ。
 さっき聞こえてきた音は天井が下がってきている音だ。
「早く投票しないとヤバイみたいだな」
 ただ1人、雷だけが楽しそうにそう言った。
 みんなの視線が雷へと向けられる。
 こんな状況で、ヘラヘラと笑っていられるなんて普通じゃない。
「お前、薬物でもやってんのか」
 ルキが威嚇するようにそう言った。
「あぁ、ちょっとくらいはなぁ」
 悪びれもせず、そう答える雷。
 その言葉に、あたしと翔吾は顔をしかめる。
 雷は冗談ではなく、本気で言っているようだ。
「人間のクズだな」
 ルキがそう言う。
「なんだと？」
 雷がルキの胸倉を掴み、睨んだ。
「やめろよ」
 翔吾が雷の腕を掴み、それを制止する。
「ここに来ている時点で全員が下位レッテルなんだから、

大して変わらないでしょ」
　春奈が冷静な口調でそう言う。
　正直、雷や桃乃と同じ扱いにされるのは嫌だったけれど、時間がない中で反論している暇はなかった。
「とにかく、このメモどおりにしないと、ここで全員死ぬかもしれない」
　あたしの言葉に、全員が黙り込んだのだった……。

ルーム1

「どうしてここに来たのか、それを聞けば投票できるかもしれない」

そう言ったのは春奈だった。

「ここに来ているということはロクでもない人間ばかりだけれど、その中でも外へ出てもいいと思える人間はいるんじゃない？」

「そうだね」

あたしは頷く。

事情を聞けば、きっと翔吾が外へ出るのにふさわしい人間と思ってもらえるだろう。

「じゃあ、まずはあたしから。あたしは両親や親戚がいなくて施設暮らしなんだけど、施設内ではイジメが蔓延していて、そこから出るために売春でお金を稼いでる。施設内でのイジメに加担したことや売春が積み重なって、今ここにいる」

春奈が自分の境遇を淡々と語る。

春奈の見た目でイジメや売春という言葉を聞くと、とても衝撃的だ。

自分の周囲にいる真面目なクラスメートの顔が、思い浮かんでくる。

あの子たちにも、あたしの知らない裏の顔があるのかもしれない。

「俺は動物虐待だ」

そう言ったのはルキだった。

ルキは元々隣町に住んでいて、両親から虐待を受けていたらしい。

そんな両親から逃げるように〈mother〉の高校を受験し、学生寮に入った。

両親の虐待から逃げることに成功したものの、積み重なったストレスはついに爆発し、動物虐待という方法で発散されていたらしい。

「そういえば、ずっとニュースになってたよな。公園で猫の死体が見つかったって」

雷がそう言い、興味深そうにルキを見た。

「他の街から入ってきた人にもレッテルって貼られるの？」

あたしの質問に、ルキは頷いて右腕を見せてきた。

そこには首輪と同じような形状をしているブレスレットがついていて、〈mother〉の文字が刻まれている。

「これがみんなの言うチップ代わりなんだ。チップのように思考回路まで把握することはないけれど、行動は把握できる仕組みになっているらしい。こっちに引っ越してきたときに、役所の人からつけるように言われたんだ」

そういえば、何度か似たようなブレスレットを目にしたことがある。

彼らは他の街からの移住者だったんだ。

あたしは納得して頷いた。

「で、キミは？」

ルキにそう言われ、あたしはチラッと翔吾を見た。
　あまり人には言いたくないことだけれど、言うしかない。
　あたしは小さく深呼吸をして気持ちを整えた。
「あたしと翔吾は、心中未遂をしたの」
　自分の声がやけに響いているように感じる。
「心中未遂？」
　春奈が目を見開いてあたしと翔吾を交互に見た。
　そそんなことをするようには見えないのだろう。
　あたしも翔吾も、〈mother〉の法律に違反するようなことは今まで何1つしてきていないのだから。
「原因は、ここにいる2人」
　翔吾がそう言い、雷と桃乃を指さした。
「ちょっと、ヘンなこと言わないでよ！」
　サッと青ざめてそう言う桃乃に対し、雷は無表情のままだ。
「1年ほど前、銀行強盗事件が起こったのを覚えてる？」
　あたしはルキと春奈を見てそう聞いた。
　2人とも頷く。
　かなり大きなニュースとしてメディアに取り上げられていたから、当然知っているだろうと思っていた。
「あのとき、あたしと翔吾は被害に遭った銀行にいたの。翔吾がアルバイト代を下ろして、一緒に遊びに行く予定だった」
　あたしは一呼吸おいて、再び話をはじめた。
「そこに来たのが、4人組の銀行強盗だった」
　桃乃を見ると「嘘よ！」と、声を上げた。

今にも泣き出しそうだ。
　それでも、あたしはそんなことおかまいなしに話を続ける。
「事件を知っているならもう知っているとは思うけど、4人の強盗は拳銃を持っていた。あたしたち2人はとっさに出口へ向かって逃げたの。でも、そのときその男に腕を掴まれて……」
　あたしは雷を指さした。
「それでも無理やり振りほどいて、外へ逃げた。でも、そのタイミングが悪くて翔吾の……」
　そこまで言い、言葉に詰まった。
　最後まで自分で説明するつもりだったのに、どうしても次の言葉が出てこなくて、あたしは翔吾を見た。
　翔吾はあたしの手を握り、そして口を開いた。
「外の通りへ出たとき、ちょうど目の前を車が走ってたんだ。とっさによけようとしたけれど、走って勢いがついていたから止まることもできなくて……そのまま、轢かれた」
　淡々と説明をする翔吾に目の前が涙で滲むのを感じた。
　できれば、それ以上は聞きたくない。
　思い出したくない。
　耳をふさいで逃げ出したい衝動に駆られる。
「轢かれ方が悪くて、俺は右足を切断することになった。プロサッカー選手を目指していたけれど……その瞬間に夢は消えたんだ」
「翔吾……翔吾、もういいよ」
　気がつけば涙が頬を濡らしていた。

あたしをかばったせいで翔吾は右足を失った。
　病院のベッドの上で悔しさのあまり、『どうして俺なんだ』と叫んでいた翔吾の姿を思い出す。
　どうして翔吾なの？
　あたしも何度も空へ向けてそう呟いてきた。
　結局、翔吾はこんな目に遭っているというのに、犯人たちは逃げた。
　しかも、翔吾が事故に遭って混乱している間に、どさくさに紛れて逃走したのだ。
　体内チップで思考と行動を把握されていて、逃げても無駄だとわかっているのに……。
「気がつけば、毎日自殺を考えてた」
　翔吾の声がズシンッと胸に重たくのしかかってくる。
「俺からサッカーを取れば何も残らないって、俺自身がよくわかってたから」
「そんな……」
　春奈が思わず声を出した。
　その表情は、とても辛そうだ。
「彼女の朱里まで巻き添えにして自殺を試みて、しかも死ねずにこんな場所にいる。サイテーな男だ」
　翔吾はそう言い、あたしに優しくほほえんだ。
　その笑顔にハッとする。
「翔吾……！」
　あたしが翔吾の名前を呼ぶより先に、翔吾は口を開いた。
「これでもうわかっただろ。この中で生き残るにいちばん

ふさわしい人間は、朱里だけだ。朱里は何もしていない。バカな俺に付き合わされたおかげでここにいるだけだ。下位レッテルなんて貼られる理由は、朱里にはない」

ハッキリとそう言いきった翔吾。

みんなの視線があたしへ向けられる。

「そうだね、そうかもしれない」

春奈が呟き、ルキが「そうだね」と、頷く。

そんな……それじゃいちばん辛い思いをした翔吾はどうなるの!?

そう思うのに、言葉にならなかった。

死ぬのが怖い。

死にたくない。

生き残りたい……！

そんな感情が、今の状況を覆すことを嫌がっている。

「ちょっと、都合よく話を進めないでよね！」

桃乃のそんな声が聞こえてきて、あたしたちはそちらへ視線を移した。

桃乃はあたしと翔吾を睨んでいる。

「だいたい、あたしたちが強盗事件の犯人だなんてなんでわかるの？」

その言葉に、あたしと翔吾は目を見開いた。

この期に及んでシラを切るつもりか。

「あの事件、犯人は覆面を被っていたってニュースで聞いたから、誰が犯人かなんてわからないんじゃないの？」

たしかに、犯人たちは覆面を被っていた。

でもそれは銀行の中だけだった。
　逃走するときは野次馬に紛れ込むため、みんな覆面を外していた。
　あたしはそのときに犯人たちの顔を見たのだ。
　どうして犯人だと断定できるかというと……。
　あたしは桃乃の腕を掴んだ。
「何するの!?」
　とっさのことに驚いて暴れる桃乃。
「事件が起きたのは暑い日だったね」
　あたしのその一言に、桃乃の表情が一変する。
　さっきまで少しは自信があった様子なのに、それが一気に消え去っていく。
　今は恐怖と不安と絶望しか、その顔に浮かんでいるものはなかった。
「みんな、ニュースに出てたタトゥーを覚えてる？」
　桃乃の腕を掴んだまま、あたしは聞いた。
「ドクロのタトゥーだろ？　日本じゃまず彫ってもらえない、外国の彫師がやってる特別なものだって言ってたな」
　ルキがそう言う。
　ありがたい。
　その辺の情報はしっかり覚えてくれているようだ。
「そう。仲間内だけの特別な印……」
「やめて！」
　叫ぶ桃乃を無視して、あたしは桃乃が着ている長袖シャツの袖をまくり上げた。

肩の下あたりに現れる幾何学的なドクロマーク。
　それはテレビで何度も見たものと、まったく同じだった。
「決定的だな」
　ルキが呟く。
「これで決まり。生き残るのは世田朱里だね」
　春奈がそう言ったときだった。
　今まで黙っていた雷が、突然ドアへ向かって走り出したのだ。
　そしてノブに手をかけその手をまわし……雷以外の５人が逃げてしまう、と思った瞬間、雷の動きが止まった。
　いや、正確には立った状態のまま小刻みに震えはじめたのだ。
　それは、ついさっき《奴隷部屋》で見た、あのおぞましい光景そのもので……。
「天井が!!」
　唖然としていると、春奈がそう叫んだ。
　上を向くと、天井がどんどん下がってきているのがわかった。
　ゴゴゴッと地鳴りのような音を響かせながら、さっきよりも何倍ものスピードで下りてくる。
「どういうこと!?」
　あたしは混乱して、叫ぶ。
「時間切れか。もしくは投票が終わらないうちにドアを開けようとしたからじゃないか」
　翔吾が答える。

「どうするのよ!?」
　桃乃が悲鳴に近い声を上げる。
　そのとき、ルキが動いた。
　雷が、立っているドアへと向かって大股に足を進める。
　ルキが雷の体を押しのけると、雷は小刻みに震えながらその場に倒れた。
　でも、その目はしっかりと天井を見据えている。
「死んでない……死んでないよ!?」
　春奈が言う。
「なんで？　さっきの部屋ではすぐに死んでたよね!?」
　ビクビクと痙攣を繰り返すだけで、雷の意識はハッキリしているように見える。
　よく見てみると、首輪の周辺の皮膚は焦げていない。
　さっきよりも明らかに電流が弱いのだとわかった。
「おい、ドアが開くぞ！」
　ルキの声にハッとして視線を移すと、たしかにドアが開いているのが見えた。
「行こう」
　翔吾が一言そう言った。
「で、でも……」
　あたしは迫ってくる天井と倒れている雷を見た。
「天井をよく見ろ」
　翔吾に言われ、あたしたちは天井を見上げた。
　入ってきたときは3メートル以上離れているように見えた天井が、今は男子が手を伸ばせば触れられそうな場所ま

で来ている。
　その天井の真ん中に、赤い文字で何かが書かれているのがわかった。
「【問題が解けない場合は１人生贄を捧げよ】」
　その文字をルキが読み上げる。
　あたしたちは横たわっている雷を見た。
　雷がこの部屋の生贄になるってこと!?
「行こう、朱里」
　翔吾があたしの手を引き、出口へと向かう。
　雷以外の全員がドアの外へ出たとき、不意に雷が起き上がった。
「雷！」
　桃乃が叫ぶ。
　しかし、雷はフラフラと部屋の中を歩きまわり、出口から離れていく。
「コントロールしてやがるんだ……」
　それを見て、ルキが呟いた。
「どういう意味？」
「きっと、〈mother〉の連中はこの光景を見ているんだ。雷の首輪に流れる電流を制御しながら！」
「なんの意味があって？」
　そう聞くと、ルキは歯を食いしばった。
　天井は、すでに雷の頭スレスレのところまで下りてきている。
「遊んでるんだ」

ルキが呟く。
　それと同時に、雷の頭に天井がぶつかった。
「雷！　しゃがんで！」
　桃乃が叫ぶ。
　だけど、雷は再び痙攣をはじめてその場から動けなくなってしまった。
　天井は雷の頭を押し、その首が徐々に横へ曲がっていく。
「雷!!」
　次の瞬間、桃乃の叫び声と、首の骨が折れるゴキッという音が同時に聞こえてきた……。

ルーム2

「なんで……」
　あたしはその場にヘナヘナと座り込んでしまった。
　雷の首が折れたとき、あたしはとっさにドアを閉めようとした。
　でも、ドアは閉まらなかった。
　しかも、その場から動こうとしたのに、微弱の電流を流され動きを封じられたのだ。
　さっきまで一緒にいた人の死に様を、最後まで見届けさせるかのように……。
　あたしたち5人は雷の体が横倒しになり、そしてその肉や骨が押し潰されるのを見せられていた。
「なんでこんなことするの……」
　いくら憎い相手だといっても、こんなのひどすぎる。
　肉が裂けて血が流れ、一切の原型がなくなってしまった雷。
「朱里、行こう」
　座り込んだあたしに、翔吾が声をかける。
　あたしは左右に首を振った。
「嫌……行きたくない」
　最初に入った部屋でこんなことが待ち受けていたのだから、これから先、何が起こるかわからない。
　この中の何人が命を落とすのかも、わからない。
「行くしかないんだ」

「嫌‼」

あたしの手を掴んで立ち上がらせようとする翔吾を振り払う。

「それなら《奴隷部屋》に戻るか？」

その言葉に、あたしは翔吾を見た。

翔吾は真剣な表情をして、まるで睨まれているように感じる。

実際にそうなのかもしれない。

聞き分けの悪いあたしに、腹を立てているのかもしれない。

「この様子じゃ、《奴隷部屋》には死ぬ以上に辛い生活が待ってるぞ」

「でも……」

声が震えて出なかった。

《奴隷部屋》には戻りたくない。

でも、先へ進んでも外に出られるかわからない。

「大丈夫？」

ルキが隣から声をかけてきた。

見ると、ルキの目は赤く充血している。

いつの間に泣いていたんだろう？

その頬には涙のあとがあった。

「行こう、朱里」

春奈が声をかけてくる。

「ここに朱里を置き去りにしたって、あたしは別にかまわない。でも、いちばんまともな朱里が必要なときだってこ

の先あると思う」
「春奈……」
「行こう」
　翔吾に声をかけられて、あたしはようやく立ち上がることができたのだった……。

　灰色のコンクリートに囲まれた廊下を進んでいくと、その先にまたドアが見えた。
　分かれ道はなく、まっすぐ進むしかない。
「行くしかないよね」
　ドアの前に立ち止まり、桃乃が言った。
「あんたが開けなよ」
　春奈が桃乃の背中を押す。
　桃乃が強盗犯の１人だったということで、桃乃への対応が明らかに変わってきている。
　でも、仕方のないことだ。
　あたしと翔吾は、嘘をついていない。
　桃乃の手が銀色のドアノブに触れる。
　一瞬ためらったのち、勢いよくそのドアは開かれた。
　またさっきと同じように小さい灰色の部屋が現れるのかと思ったが、開かれた先の部屋は広く、中央には白いテーブルとソファが置かれていた。
「何、この部屋……」
　桃乃が恐る恐る足を踏み入れる。
　それに続いてみんなも部屋へと入った。

「ソファもあるし、休憩室……なんてことはないよね?」
　春奈が冗談めかして言ったが、誰も笑わなかった。
　本当に休憩室ならどれほどいいか。
　みんな警戒しているのでソファに座ろうともしない。
「また、メモだ……」
　白いテーブルの上に白いメモが置かれていることに、翔吾が気がついた。
　色が同化しているから気がつかなかった。
「なんて書いてある?」
　ルキが寄ってきてそう聞いた。
　翔吾はメモを手に取り、それを読み上げた。
「【ここから出るのにいちばんふさわしい人間は、名乗り出なさい】」
「今度は投票じゃなく、自薦ってことか」
　ルキが呟く。
「それならっ……」
　とっさに春奈がそう言いかけて、口を閉じた。
　さっきの部屋での出来事を思い出すと、簡単に手を上げることはできなかった。
　この建物から簡単に出ることはできないと、みんなが理解していた。
　もしかしたら何かの罠かもしれないという気持ちが、全員の心の中にあった。
「どうする?　素直に自分が名乗り出ても、みんながそれに賛同しなければ全員ここで死ぬパターンかもしれないぞ」

ルキの言葉に、あたしは身震いをした。
それは十分にあり得ることだった。
さっきのように『投票』という言葉は使われていないけれど、みんなの気持ちが一致しなければ、この部屋からの脱出は不可能。
〈mother〉の連中があたしたちを見て楽しんでいるのだとすれば、そのくらいの引っかけはありそうだった。
「それなら試しに誰かが名乗り出てみればいいじゃん」
桃乃がそう言った。
「誰かがって、誰だよ」
ルキが聞く。
「そんなリスクのある役割、誰がやるんだよ」
続けてそう言うと、桃乃が軽く鼻を鳴らした。
「たしかにリスクはあるかもしれない。でも、その人だけ脱出できる可能性もある賭けだと思う」
「賭け？ 命がけの賭けなんて誰がやるんだよ」
ルキが吐き捨てるようにそう言った。
「だけど、それをしなきゃ、きっとみんなここで死ぬ」
桃乃の言葉に、あたしは無意識に天井を見上げていた。
天井が迫ってきているような様子はなく、ホッと胸を撫で下ろした。
でも、桃乃の言うとおりだ。
全員がここで死ぬ可能性は高い。
でも、どうやって生き残ればいいの？
そのときだった、春奈が目をこすっているのが見えた。

「どうしたの?」
「え? なんだか目が痛くて」
　そう言い、瞬きを繰り返す春奈。
「大丈夫?」
　そう聞いたとたん、目に刺激が走り思わずギュッと目を閉じた。
　目を閉じていても涙が滲んでくるのがわかる。
　なんだろう、これ。
「なんだ? なんのニオイだ?」
　そう言ったのは翔吾だった。
　痛む目を無理やり開けてみると、表情を歪めて部屋を見まわす翔吾が見えた。
　たしかに、かすかに異臭もする。
「どうなってるんだ!」
　ルキの混乱した声が聞こえてくる。
「目が痛い!」
　春奈が叫んだそのときだった。
　部屋のどこからかシューッと、風船から空気の抜けるような音がしていることに気がついた。
「まさか、何か送り込まれてるんじゃないの?」
　桃乃が言う。
「そうかもしれない。毒ガス……とかな」
　翔吾がそう言い、音のするほうへと歩いていく。
　音はドアのすぐ隣から聞こえてきていて、そこには四角い通気口があった。

「この通気口からだ……」
　鼻を押さえて、翔吾は言う。
「嘘でしょ……」
　あたしは絶望的な気分で呟く。
　そして、見ている連中の性格の悪さに、はらわたが煮えくり返りそうになっていると、
「どうすればいいの!?」
　桃乃が目の痛みに涙を流しながら叫び声を上げる。
「誰か……」
『名乗り出てよ』
　そう言おうとしたとき、春奈が叫んだ。
「あたしを……あたしを助けて!!」
　そして両手を高く上げ、天井へ向けて声を上げる。
　みんなの視線が春奈へと向かう。
　それを見た瞬間、自分が安堵していることに気がついてハッとした。
　自分が生き残るため、名乗り出てほしいと思った。
　他の人を犠牲にしていいと……。
　そんな自分の考えにショックを受けている間にも、春奈は自分がどれだけ素晴らしい人間かを必死でアピールしている。
　さらに無理やり笑顔を浮かべ、
「あたしがここから出るべきよ！　あたしがいちばんふさわしい人間！　だから、ドアを開けるのを許して！」
　どこかで見ているはずの相手へ向けて、懇願する。

そして、入ってきたのとは逆側のドアへと歩いていく。
「春奈っ……」
　とっさに名前を呼んでいた。
　嫌な予感がする。
　ドアノブに手をかけた瞬間、電流が流れた雷のことを思い出す。
　しかし、春奈は笑顔で振り返った。
「きっと大丈夫だから」
　そして、ドアノブに手をかける……。
　が、一瞬にして春奈の顔から笑顔が失われた。
　痙攣している様子もない。
　ただ混乱と絶望が入り混じった表情だ。
「春奈、どうしたの？」
「なんで？」
　春奈が呟く。
　近づくと、ドアノブを懸命にまわすがドアはビクともしていないのがわかった。
「なんで開かないの!?」
　春奈が叫び、ドアを叩く。
「鍵がかかってるんだ……」
　翔吾が呟く。
　その瞬間、春奈の目がみるみる吊り上がっていった。
　さっきまでの春奈とは別人のようだ。
「ふざけるな!!　名乗り出たんだから出せよ!!」
　春奈はそう怒鳴り、ドアを蹴りつけた。

ガンガンと耳を塞ぎたくなるような大きな音を立てながら、何度も何度も蹴り上げる。
「見てないで出てこいよ！　殺してやる!!」
　汚い言葉を吐いてドアに体当たりする春奈。
　その形相に、あたしは思わずあとずさりをした。
「朱里、大丈夫か？」
「う、うん。少しびっくりしただけ」
　翔吾の手を握りしめる。
　春奈はイジメに加担していたと言っていたが、もしかしたらイジメのリーダー格だったんじゃないだろうか。
　売春でお金を稼ぐのはたしかに悪いことだけれど、その理由を聞けば同情の余地はあるように思えた。
　でも、本当は真実にほんの少し嘘を混ぜていたのではないだろうか。
　そう思わせる一面だった。
「クソ！　開けろぉ!!」
　春奈のその声が聞こえてきたときだった。
　不意に春奈が動きを止めたのだ。
　そして、その体はグラリと真うしろへ倒れた。
「嫌！」
　その姿からとっさに目をそらす。
　春奈は目を見開き、口から唾液を垂らした状態で少しも動かなかったのだ。
「おい……！」
　慌ててルキが駆け寄り、春奈の首に手を当てる。

「まだ死んでないぞ!」
「無茶なことをするからだ」
　翔吾が呟く。
　そのときだった、カチャッと音がしてさっきまで春奈が開けようとしていたドアが自動的に開いたのだ。
「開いた……」
　桃乃が呟く。
　ここでも1人犠牲にすれば、外へ出られるということだったの?
「でも……」
　あたしは倒れている春奈を見た。
「まだ、生きてるんだよね?」
「あぁ。外へ運び出せるんじゃないか?」
　ルキの言葉に翔吾が目を丸くする。
「助けるのか?」
「当たり前だろ!　生きてるんだぞ!」
　ルキが怒鳴り、翔吾が駆け寄る。
「朱里は先に部屋から出てろ!」
　翔吾にそう言われ、あたしは弾かれたようにその場から動いた。
　桃乃もあたしに続いて外へ出る。
　出た瞬間、大きく深呼吸をした。
　目の痛みや喉の痛みが徐々に緩和されていく。
　が、不意に強烈な吐き気に襲われ、通路の隅で嘔吐した。
　食べた物と一緒に、大量の血が混ざっている。

「ちょっと、大丈夫？」
　心配する桃乃も、あたしのすぐうしろで嘔吐した。
　出るのがもう少し遅かったら、命が危なかったかもしれない。
　胃の中のものもすべて吐き出して、肩で呼吸をする。
「ねぇ、早くおいでよ！」
　桃乃のそんな声がして、振り向いた。
　見ると、翔吾とルキがまだ部屋の中にいる。
「翔吾!?」
　2人は春奈の体の前にしゃがみ込んだまま、動かない。
「痙攣してる……」
「え？」
「よく見て、2人とも体が痙攣してる！　動けないんだよ！」
　桃乃にそう言われてみると、たしかに2人とも小刻みに震えているように見える。
「でも……どうして!?」
「……生贄を助けようとしたからかも……」
「そんな……！」
　あたしは翔吾とルキを見る。
　桃乃と2人を助け出すしかない！
　そう思ったときだった。
　2人が同時にビクンッと体を跳ねさせ、金縛りから解けたように動き出したのだ。
「くそっ！　電流で動きを封じるなんて卑怯だぞ！」
　翔吾が叫ぶ。

だけど、その声はすでに枯れていて、毒ガスが体をむしばんでいるのがわかった。
「仕方がない、俺たちだけで行こう！」
　ルキがとっさの判断で立ち上がり、走って部屋を出た。
　春奈はまだ生きている。
　だけど助けることはできない。
　ようやく、それが理解できたのだ。
　翔吾もよろよろと立ち上がり出口へと向かってくる。
　が、長時間毒ガスを吸い込んでいたので時々立ち止まり、血を吐いた。
「翔吾！」
　あたしは翔吾の体を支えるために部屋に入ろうとした。
　そのときだった。
　開いていたドアが勝手に閉まりはじめたのだ。
　中にはまだ翔吾がいる。
「ちょっと、どうなってるの!?」
　ドアが閉まるのを止めようとするが、ビクともしない。
「翔吾！　早く!!」
　ドアの間から、めいっぱい手を伸ばす。
　翔吾があたしの手を掴んだ。
　ドアはジワジワとその幅を縮めていく。
「来て!!」
　あたしが叫び、翔吾の体を強引に引き寄せた。
　次の瞬間、ドアはバンッ！　と大きな音を立てて閉じてしまった。

「助かった……」

　翔吾はその場に膝をつき、また血を吐いた。

　ホッと息を吐き出して安心したのもつかの間で、閉められたドアの上半分が窓のようになっていて、そこが自動的に開きはじめた。

　窓はガラス張りになっていて、室内の様子が見えるようになっている。

　また、人が死ぬのを見せられるのか。

　〈mother〉の趣味の悪さに吐き気を覚えたが、さっき全部吐き出してしまったので何も出てこなかった。

　何度かその場で吐いた翔吾がようやく立ち上がると、窓の向こうの春奈が体を起こした。

　痙攣は止まっていて、電流の流れが途絶えたのだとわかった。

　いっそ、そのまま気絶できればラクだったろうに、〈mother〉はそれすら許さないようだ。

　春奈が何かを叫びながらこちらへ走ってくる。

　あたしはとっさに窓から離れていた。

　春奈が窓にすがりつくようにしてこちらを見て、懸命に何かを訴えかけている。

　しかし、その声はこちらにはまったく届かない。

　春奈は時々、通気口のほうを振り返りながら、ドアを叩く。

　その目は真っ赤に充血していて、ジワジワと赤い涙が滲んできていた。

「やめてよ……」

桃乃が震えた声で言った。

春奈が何か言うたびに口から血が流れ出し、それが飛び散って窓についた。

口の中は真っ赤に染まり、吸血鬼のように見えてくる。

あたしはそれでも春奈から目を離さなかった。

たった数時間、ううん……数十分かもしれない。

一緒にいた相手の最期を見届けようと思った。

春奈は大量に吐血し、その血のついた手で窓を叩いた。

しかし、その力も徐々に失われていく。

春奈は窓を叩くことをやめて、フラフラと部屋の中央へと歩いていった。

自分が今どこにいるのかもわかっていないようで、その目は空中を彷徨っている。

そして……真っ白なソファに横倒しになってしまった。

ソファは真っ赤に染まり、春奈はイヤイヤと首を振る子どものように大きく痙攣をはじめた。

あぁ、もうすぐ命が消える。

知らない間に涙が出てきていた。

死ぬ寸前までこんなにも苦しんで、春奈は死ぬ。

ソファの上で散々のた打ちまわっていた春奈は、不意に動きを止めた。

白いソファは春奈が暴れたせいで、不規則な赤い模様をつけた。

それはまるで、白い棺桶に入った春奈が真っ赤なバラに囲まれているように見えたのだった……。

ルーム3

　毒ガスの部屋から脱出したあたしたちは、みんな無言のまま通路を歩いていた。
　ずいぶんと体力を消耗してしまったし、精神的に追い詰められた状態だった。
　この先に部屋がいくつあるかわからないが、そのたびに誰かが死ぬ。
　それが、すでに理解できていた。
「みんなの意見が一致することなんて、絶対にない」
　不意に、桃乃がそう言った。
「何？」
　あたしが聞き返すと「さっきの部屋。誰もが生き残りたいと思ってたから、意見の一致は絶対にない」と、桃乃は言った。
「……そうだね。その前の部屋でもそう。意見は絶対に一致しない。それをわかってて、こんな部屋を用意してるんだよ」
「だったらさ、次は誰に投票するか。誰を選ぶかを先に決めておかない？」
　桃乃の提案に、あたしは目を見開いた。
「何それ、どういうこと？」
「だから、どんな質問や問題を出されても、順番に１人を選んでいくことにしておくの。そうすれば、みんなの意見

は必ず一致する」
「そんなことしても無駄じゃないかな」
　そう言ったのはルキだった。
　さっき吐いた血が口の端にまだついている。
「なんでよ？」
　桃乃がルキを睨みつけた。
「俺は行動しか把握されていないけれど、みんなは思考回路まで把握されてる。さっきの部屋で春奈が死んだのは、みんなの考えがバラバラだったからだ」
「そんなのわかってる。だから先に決めておいて、みんな『この人に投票する』っていう気持ちを作っておいたほうがいいんじゃないかって言ってるんじゃん」
　たしかに、桃乃の考え方は正しい気がする。
　先に決めておけば、一瞬でもみんなが同じ気持ちになるだろう。
「あたしは桃乃の意見に賛成する」
「朱里……」
　あたしが賛同するとは思っていなかったのか、桃乃は少し驚いている様子だ。
　桃乃は憎い相手だけれど、今は少しでも生き残れる可能性のほうにかけたい。
　桃乃を裁くのは、この建物を出たあとでもできる。
「朱里が賛成なら俺も賛成だ」
　翔吾がそう言った。
　ルキは1人肩をすくめて「好きにすれば」と言った。

「じゃぁ、とりあえず次は誰を選ぶ?」
「それなら、俺を選べ」
　翔吾が迷わずそう言った。
「翔吾、大丈夫なの?」
　あたしは不安になって聞く。
「あぁ。部屋に入ってみないことにはわからないんだから、今から悩んでいたってしょうがないだろ。だから、次の部屋では俺を選べ」
　しっかりとした口調でそう言う翔吾に、あたしは何も言えなくなってしまった。
　桃乃の意見に賛成したものの、まわってくる順番はもっとあとのほうがいいと思ってしまう。
　だけど、その思いはグッと喉の奥にのみ込んだ。
「……わかった。翔吾がそれでいいなら、あたしもそれでいいよ」
　と、頷く。
　他の2人も意見はないようで、そこから先はまた無言になった。
　そして歩いていくと、また同じようなドアが現れた。
「ここは、俺が開ける」
　翔吾が前に出てドアノブをまわす。
　ギィと嫌な音が響き、次の部屋が現れた。
　部屋の中は6畳ほどの広さがあり、入って右手の壁には3枚の絵が飾られていた。
「なんだ、この部屋」

ルキが眉間にシワを寄せる。
「メモがあるわ」
　あたしは絵の真下の床に置かれている小さなメモを手に取った。
「いったい今度は何？」
　桃乃が隣に立って覗き込んでくる。
　あたしはメモに書かれている文字を読み上げた。
「【美女は誰？】」
「は？　それだけ？」
　ルキがそう言い、あたしはメモを2人にも見えるようにかざした。
「美女を選ぶってことは、男じゃダメじゃん」
　桃乃が声を荒らげる。
　せっかくここに来るまでに翔吾に投票すると決めたのに、それがパァになってしまって怒っているのだ。
　この紙のとおりなら、この部屋では必ず女が選ばれるということになる。
「待て、これは？」
　翔吾が、あたしが立っている場所を指さした。
　床には足跡のシールが3つ貼られている。
「絵を1つ選んでその前に立てって意味じゃないかな？」
　足跡はそれぞれ絵の前に描かれていて、そのように捉えることができる。
「ってことは？　今度は人を選ぶんじゃなくて絵を選ぶってことか」

ルキが呆れたように言う。
「絵を選ぶなんて、話し合った意味ないじゃん」
　桃乃が、イライラしているのを隠そうともせずに言った。
「そんなこと言っても仕方ないでしょ。部屋に入らないと何があるのかわからないんだから」
　そう言うと桃乃が鋭い視線を向けてきて、あたしは一瞬たじろいでしまった。
「あんた、自分の彼氏が選ばれなかったからホッとしてんでしょ！」
　そう怒鳴り、胸倉を掴まれる。
　想像以上の力で、一瞬呼吸ができなくなる。
　同時に桃乃への怒りが込み上げてきた。
　元はといえばこいつらのせいで、あたしと翔吾はここにいるんだ。
　それなのに、怒鳴られる筋合いなんてない！
「ホッとして何が悪いのよ!!　あんただってそうでしょ!?　あんたみたいな人間のクズなら選ばれて当然だけど、翔吾は違う!!」
　桃乃の腕を引き離しながら怒鳴った。
　ここまで感情的になったのは、生まれて初めてかもしれない。
　今まで桃乃に対して我慢していたものが、一気に溢れ出てくるのを感じた。
　翔吾の夢を、未来を奪った恨みが爆発する。
「あんたは雷の次に死ぬべきだったのよ！　生きてる資格

なんてないんだから！！」
　頭の中は真っ白になり、桃乃を罵倒しながら涙が流れた。
　足の切断を余儀なくされたときの絶望。
　翔吾の泣き顔なんて一度も見たことがなかったのに、あの日、初めて涙を見た。
　あたしの胸に顔をうずめて、子どものように泣きじゃくっていた。
　死に物狂いでリハビリをしていた翔吾。
　合わない義足が痛くて顔をしかめ、それでも必死で歩いていた翔吾。
　その間にも、こいつはヘラヘラと笑いながら生きていたんだ。
　苦痛なんて、1つも感じずに……。
　悔しい。
　悔しい悔しい悔しい!!
　その思いが止まることなく、次々と溢れ出す。
「あたしと翔吾はこんな場所に来る人間じゃなかった!!　あんたがあたしたちの未来を奪ったんだ!!」
　気がつけば桃乃の上に馬乗りになり、頬を叩いていた。
　何度も何度も繰り返し桃乃を叩き、髪が千切れるほどに引っ張った。
「やめろ、朱里！」
　翔吾が、あたしをうしろから羽交い絞めにして止める。
「なんでっ……なんで止めるのよ!!」
　翔吾のほうが悔しいはずだ。

夢を奪われ心中にも失敗し、こんな地獄のような場所に突き落とされた。
「ここで殺したら意味がないんだ!」
　翔吾の言葉に、あたしは動きを止めた。
「あと何部屋残っているかわからない状況で、無駄に死んでもらったら困る!　そうだろ?」
　あたしは歯を食いしばり、桃乃を睨みつけた。
　こんな命でも、必要なときが来るということだ。
「……わかった」
　呼吸を整えてどうにかそう言うと、翔吾はホッとしたようにあたしから手を離した。
　桃乃から離れて立ち上がると、桃乃はようやく大きく息を吐き出した。
　目には涙がにじんでいる。
　こんなあたしでも、極限状態になるとここまで人を追い詰めることができるんだ。
　そう思うと、少し恐ろしい気持ちになった。
「で、問題はこれだ」
　ルキが気を取り直したようにそう言い、絵を見た。
【美女は誰?】
　その質問のまま受け取れば、美女の絵はどれ?
　ということになる。
　そして3枚飾られている中で美女の絵は、左端の1枚のみだった。
　真ん中の絵は老婆、右端の絵はハンサムな美少年だ。

「どう見てもこれが正解だよな」
　ルキがそう言い、左端の絵に向かう。
　それを翔吾が静止した。
「待て、その足跡の上に立つのはやめたほうがいいかもしれない」
「ん？　あぁ、そうだな。ここに立てば決定したとみなされて、間違えていればきっと死ぬ」
　ルキはそう言い、大人しく少し離れた場所から絵を見ている。
　桃乃はようやく立ち上がり、乱れた髪の毛を手ぐしで直した。
「これ、トリックアートだな」
　そう言ったのはルキだった。
「トリックアート？」
　翔吾が聞き返しながら、ルキの隣に立つ。
「ほら、少し離れてみると老婆が美女に見えるし、美少年も美女に見える」
　ルキの言っている意味がわからなくて、あたしは慌てて同じところまで離れて絵を見た。
　すると、老婆の絵は上下逆さまにして見ると美女に見えて、美少年の絵は背景を含めてみると髪の長い美女へと変身したのだ。
「これじゃ、どれが本物かなんてわからない……」
「一見、美女の絵はここから見るとガイコツだな」
　翔吾が言う。

たしかに、遠くから見れば美女の顔をドクロが取り巻いているように見える。
　距離感によって見えるものが異なる、よくできた絵だ。
　でも、今は感心している場合じゃなかった。
　これでもう、どの絵が美女かわからなくなったわけだ。
「ガイコツに見える絵はないと思う」
　桃乃がようやく発言する。
「どうしてそう思うんだ？」
　ルキが聞く。
「不吉だし、1つだけ人間じゃないものが交ざってるのはヒントなんじゃないかなって思って」
「大した理由じゃないな」
　ルキはそう言い、笑う。
「じゃぁ、あんたはどれが正解だと思うのよ」
「さぁ……さっぱりわからないな」
　ルキは絵を見ながら左右に首を振った。
「早くしないと、また時間がなくなるかもしれない」
　翔吾にそう言われ、あたしは部屋の中を見まわした。
　今のところ異変は感じられないが、もう自分たちの命を奪うような仕組みが作動しているかもしれない。
　桃乃とやり合った時間が今になって悔やまれる。
　もう少し落ちついていればよかった。
「このままじゃ時間はすぎていくだけだ。そろそろどれを選ぶか決めよう」
　そう言い、ルキが歩き出した。

「ルキはもうわかったの？」
　そう聞くと、ルキは振り返って「いいや。ただの勘だ」と、答えた。
　しかしルキは躊躇することなく、美少年の絵を選んでその前に立った。
　あたりは静けさに包まれる。
「何も起こらないな。全員が決めるまで何も起きないのかもしれない」
　翔吾が言う。
「うん……そうかも」
　あたしは頷く。
　すると、今度は桃乃が動いた。
　何かを見つけたのか、それともただの勘なのか、まっすぐに左端の美女の絵の前に立った。
「さっきドクロは不吉だから違うって言ってたくせに」
　ルキがそう言って笑う。
「仕方ないでしょ。わからないんだから」
　桃乃も勘で動いたようだ。
　でも、ここまで来たらあたしたちも動かないわけにはいかなかった。
　絵は3枚、人間は4人。
　と、いうことは誰かと意見が被ってもいいはずだ。
「俺たちは真ん中の老婆にしよう」
「うん」
　あたしは翔吾の言葉に頷いた。

見分け方がわからないのなら、翔吾と同じものを選びたかった。
　ここで2人で死んだとしても、元々心中する予定だったんだから問題ない。
　ついさっきまで生き抜くことに固執していたが、2人ならそれもどうでもよくなってしまうから不思議だ。
　あたしと翔吾は2人で老婆の絵の前に立った。
「これで決定したよ」
　桃乃が言う。
　そのときだった。
　あたしは目の前の絵に釘づけになっていた。
　この絵、遠くで見ると美女が見えていたけれど近くで見ると……。
　そう思ったとき、隣にいたルキが突然、痙攣しはじめたのだ。
「電流が流れてる！」
　翔吾が叫ぶ。
　とっさに、あたしはルキの選んだ絵を確認していた。
　やっぱり、そうだ!!
　あたしたちは、遠くで見てわかるものに惑わされてしまったのだ。
　答えはこんなにも近くにあったのに。
　ルキは目を見開き、泡を吹いてその場に倒れ込んだ。
　床の上でビクビクと体を跳ねさせていたが、それもやがて止まり静かになってしまった。

あたしは、老婆の絵をそっと撫でた。
「美少年の絵が間違いだったってこと……？」
　桃乃がポツリと呟く。
　それに対し、あたしは頷いた。
「作者のサインを見て」
「え？」
　翔吾が驚いたような声を上げる。
「ほら、あたしたちが選んだ絵のサインは、右上にあって逆さまに書かれているでしょ？　つまり、これは逆向きに飾られていたってことなの。正規の飾り方だと、美女になる。桃乃が選んだ絵は上下がひっくり返っていないから、まさに美女。ドクロは関係なかったんだよ。でも、ルキが選んだ絵は……」
　あたしはルキが選んだ絵の前に立った。
　作者のサインは右上に逆さまになって書かれている。
「逆さまに飾られている。美少年でも美女でもない何かが隠されているのが本来の姿だったんじゃないかな」
「『何か』って？」
　翔吾にそう聞かれ、あたしは数歩あとずさりをしてその絵を見た。
　そして、ハッと息をのむ。
「死神……」
　ルキが選んだ絵を逆さに見てみると、黒いマントを羽織って大鎌を持った死神が現れたのだった……。

ルーム4

　ルキの死体をそのままにして部屋を出ると、あたしは大きく深呼吸をした。
　電流が流れたときの人の肌が焼けるニオイは、ものすごく不快だ。
　あたしたち3人は毒ガス部屋で胃の中の物を全部出しきっていたが、それでも胃液はせり上がってきた。
「あと何部屋残ってるんだろう……」
　部屋の外で数回えずいていた桃乃が、顔を上げてそう呟いた。
　あたしも翔吾もそれに答えられない。
「もしかして、全員死ぬまで続くとかじゃないよね!?」
　桃乃が誰ともなく叫び声を上げる。
　その気持ちはよくわかる。
　先が見えない分、自分たちが本当に脱出できるのかどうかもわからない。
　そんな保証、どこにもない。
　もしかしたら、建物内で全員死んでしまうかもしれない。
　あたしたちは〈mother〉に踊らされているだけ……。
「それでも、行くしかないだろ」
　翔吾が重たい口を開いてそう言った。
「ここで立ち止まっていても、出口は近づいてこない」
「また自分から死にに行くの!?」

桃乃が翔吾の胸倉を掴んでそう言った。
　翔吾は桃乃の手を掴み、優しく解いた。
「ここに残っていたら、きっと《奴隷部屋》に連れ戻されるだけだ。それでいいなら、お前１人でここにいろ。俺と朱里は先に行く」
　そう言い、翔吾はあたしの手を握り歩き出した。
　チラリと振り返ると、桃乃が放心状態で突っ立っているのが見えた。
　それでも、桃乃はきっとついてくるだろう。
　それ以外に道は残されていないのだから。

　相変わらず無機質で灰色の通路を、あたしたちは無言のまま進んでいった。
　〈mother〉という建物は外から見てもとても大きかったけれど、こうして歩いていると、さらに広さを感じた。
　この建物の中で他にどんなことが行われていたのか、それを考えると背筋が急に寒くなった。
　あたしたちは何も知らずに、〈mother〉は犯罪の少ない生活のしやすい街だと思い込んでいた。
　生まれたときにつけられるチップの存在を、不思議に感じたことなんて一度もない。
　でも、こうして〈mother〉内部の現実を見てしまうと、この都市すべてがニセ物に見えてくる。
　生きやすいのは、下位レッテルの人間たちがここで奴隷として拘束され、殺されているからだ。

そうすれば、おのずと事件や犯罪は減る。
　更正施設なんて嘘っぱち。
　一度、下位レッテルを貼られて連行された人間で、ここから出られた人なんて本当にいるのだろうか。
「大丈夫か？」
　翔吾にそう言われ、あたしはハッと我に返った。
「朱里、すごく怖い顔をしてるぞ？」
「……ごめん。〈mother〉がこんな場所だとは知らなかったから、すごく混乱してて……」
「あぁ。わかるよ」
　翔吾は頷く。
　うしろを振り返ると、桃乃がついてきているのが見えた。
「でも〈mother〉の更正施設……《奴隷部屋》から出てきた人たちだって実際にいるんだ。きっと、俺たちは外へ出られる。大丈夫だ」
　そう言い、翔吾があたしの手を握り直した。
　そして、またドアが目の前に現れた。
　これで、このドアを見るのも４度目だ。
　人が死ぬという感覚も、徐々に薄れていっているような気がする。
「このドアを開けたら、また誰かが死ぬ……」
　あたしは呟いた。
「朱里のことは、絶対に俺が守り通す」
「でもっ……」
　一緒じゃないと意味がない。

一緒に死ぬことまで決意した翔吾がいない生活なんて、あたしには考えられないことだった。
　そのとき、ようやく桃乃がドアの前までたどりついた。
　そしてまっすぐに翔吾を見る。
「今度投票があったら、あんたが票を集めるんだからね」
「わかってる」
　翔吾は頷く。
　あたしは何も言えず、次のドアは開いたのだった……。

　部屋の中へ足を踏み入れた瞬間、あたしは最初の部屋を思い出していた。
　灰色の4畳半ほどの小さな部屋。
　それと似たような部屋が広がっていて、一瞬にして雷が天井に押しつぶされるシーンを思い出した。
　強く頭を振り、そのシーンをかき消す。
「これ……」
　桃乃が部屋の中央に置かれているものを見て、呟いた。
　部屋の中央には木の棒が1本置かれていて、その隣に今までと同じようなメモが置かれていた。
　あたしはメモを手に取り、その文字を目で追った。
【この中でいちばん憎い相手を殴り殺しなさい】
　そう書かれている。
「なんて書いてあるの？」
　桃乃に覗き込まれそうになって、あたしはとっさに桃乃から紙を隠した。

「ちょっと、なんで隠すの!?」
　あたしと翔吾からすれば、いちばん憎い相手は桃乃だ。
　桃乃をこの木の棒で殴り殺せ。
　それが今回の指示になる。
　でも……下手をすれば翔吾がやられる。
　投票とは違うけれど、1人を選ぶという点では同じだ。
　桃乃がこの内容を知れば、間違いなく翔吾に襲い掛かるだろう。
「卑怯よ!!」
　桃乃がそう言い、あたしの手を痛いくらいに掴んできた。
　その手にはメモが握られている。
「い……や……」
　どうしても渡せない。
　必死に抵抗するあたし。
　そのときだった。
　あたしの手から強引にメモが引き抜かれたのだ。
　ハッとして振り返ると、翔吾がメモを確認しているのが見えた。
「翔吾……」
「なるほどな」
　翔吾は頷く。
「ちょっと、なに2人だけで見てるのよ!!」
「残念ながら、この部屋で死ぬのは俺じゃないようだ」
　翔吾は静かな口調でそう言い、メモを桃乃へ向けて差し出した。

桃乃はその文字を読み、そして唇を震わせた。
「こ……これだって投票みたいなもんじゃない!! １人を決めるってことでしょ!?」
　桃乃が叫ぶ。
　でも、そんなことは通用しない。
　あたしはとっさに木の棒を握りしめていた。
　人を殺すなんて、とてもじゃないけれどできない。
　でも、桃乃にこれを渡すわけにはいかなかった。
「そう言うと思ってた」
　あたしは桃乃へ向けて木の棒を構える。
「そんな……嘘でしょ!?」
　桃乃は見る見るうちに青ざめていき、目に涙が浮かんでいる。
「悪いけど、俺と朱里の気持ちは完全に一致している。仮に俺を殺したとしても、意見の不一致でドアが開かないだろう」
　冷静な口調でそう言う翔吾に、桃乃の口元が徐々に歪んでいくのがわかった。
　あたしは、緊張で手にジットリと汗をかいているのがわかった。
　と、そのときだった。
　突然、桃乃が叫び声を上げたのだ。
「あぁぁぁぁぁぁ!!!」
　と、動物のような声を上げながら自分の頭をかきむしる。
　予想外の出来事にあたしは一瞬ひるんでしまった。

その隙を狙い、桃乃があたしの棒を取り上げる。
「やめて!!」
　あたしの声はむなしく空中へ消えていき、桃乃は絶叫しながら棒を振りまわした。
　狭い部屋の中、逃げ場所はどこにもない。
　あたしと翔吾は身を低くして、桃乃の攻撃をかわすしかなかった。
「あたしがここで死ぬなら、全員殺してからにしてやる!!」
　桃乃は目を血走らせ、口の端から唾液を垂らしてそう叫んだ。
　死ぬことが決定している恐怖からか、桃乃は発狂しながら大声を上げて笑いはじめた。
「まずいぞ!」
　翔吾が顔をしかめる。
「正気を失ったらどうなるかわからない」
「でも……どうすればいいの?」
　桃乃から逃げるにしても、部屋が狭すぎてすぐに逃げ場を失ってしまう。
　追い詰められれば、それで終わりだ。
「とにかく、今は桃乃から武器を取り返して……」
　そこまで言い、翔吾は口を閉じた。
　今までまっすぐにあたしを見ていたその顔がブレて、体が横倒しになるのを見た。
「翔吾……?」
　倒れた翔吾は動かない。

額からは血が滲んで流れ落ちた。
　桃乃が振りまわした棒が当たったのだ。
　そうと気がつくまで、少し時間が必要だった。
　桃乃はうれしそうに笑いながら「1人死んだ！　次はお前だ！」と、繰り返す。
　死んだ……？
　翔吾が死んだ？
　目の前が真っ白になる。
「嘘でしょ……」
「嘘じゃない！　ほら見てよ、もう動かないよこいつ!!」
　ケラケラと笑いながら、桃乃が翔吾の顔を踏みつけた。
　そんなことをされているのに、翔吾はピクリとも動かない。
「そんな……そんな簡単に殺されるわけがない!!」
　翔吾は今までずっとあたしを守ってきてくれた。
　そんな翔吾が、こんなところで桃乃なんかに殺されるわけがない!!
　翔吾の体に近づこうとして、桃乃の振りまわす棒があたしの耳元をかすめた。
　ブンッと風を切る音が聞こえて、あたしは桃乃を見上げた。
　桃乃は笑うのをやめず、あたしに向けて棒を振り上げる。
「お前も死ね!!　今度こそ、この男と一緒にな!!」
　唾液を飛ばしながらそう叫び、棒をあたしの頭へと振り下ろした……。
　だけど棒がぶつかる寸前で、あたしは床を転がって桃乃から離れる。

空振りになった桃乃は棒の遠心力でバランスを崩し、フラついた。
　　あたしは床に寝転がった状態で手を伸ばし、桃乃の棒を掴んだ。
「離せ‼」
　　桃乃が叫ぶ。
　　だけどあたしは離さない。
　　両手で棒の先を握りしめたまま、上体を起こした。
「離せ！　離せ‼」
　　桃乃はそう言いながらブンブンと棒を振る。
　　それに合わせたあたしの両手も上下した。
　　桃乃は、必死で棒を自分のほうへと引き寄せようとしている。
　　それならば……。
　　あたしは思いっきり桃乃へ向けて棒を突き出した。
　　あたしの力と桃乃自身の力が加わり、棒は勢いよく桃乃の胸部にぶつかった。
「ぐっ……」
　　桃乃が奇妙な声を上げ、目を見開く。
　　力が弱まった隙に、あたしは棒を奪い取った。
　　桃乃は胸を押さえ、うずくまる。
　　形勢逆転だ。
　　あたしは棒を両手で握りしめ、桃乃を見下ろした。
　　人なんて殺せない。
　　そんな恐ろしいこと、あたしにできるわけがない。

でも、あたしは今、この女を殺したい。
　横目で倒れている翔吾を見ると、悔しさでギリッと奥歯を噛みしめた。
　さっきから翔吾はピクリとも動かない。
　大きくて純粋さを感じさせる澄んだ目は、固く閉ざされたままだ。
「あたしはあんたを殺す」
　視線を桃乃に戻し、その青白い顔を睨みつけた。
　棒をあたしに奪われたことで、唇がかすかに震えている。
「じょ……冗談でしょう？」
　桃乃が無理やり口角を上げてほほえんだ。
「ね……よく考えてよ。あたしを殺すよりもそこで倒れている男にとどめを刺すほうが早いよ？　ドアが開かないってことは、その男はまだ死んでない。だからさ、2人でとどめを刺して、一緒にこの部屋から出ようよ」
　必死になってそう訴えかけてくる桃乃。
　あたしはそんな桃乃を無表情で見下ろした。
「あんた、バカ？」
　あたしの冷たい声が狭い部屋に響き、桃乃の作り笑いは一瞬にして消えていった。
　今のようにコロコロと態度を変えて生きてきたのだろうが、あたしにはそんなもの通用しない。
　いくら媚びたって、この部屋でこれから起きる出来事は変えられない。
　あたしはスッと棒を持ち上げた。

「やめっ……」
　棒の向こう側に桃乃の涙ぐんだ顔が見える。
「死ね」
　あたしは一言そう言い、棒を振り下ろしたのだった……。

　人を殺したのは生まれて初めてのことだった。
　一度殴ればあとは無我夢中になれるかと思っていたが、それは大きな間違いだった。
　殴るたび、相手の皮膚の感覚が棒を伝わって手に届く。
　バンッ！　という皮膚を裂くような音が耳をつんざく。
　桃乃の悲鳴が心臓を震わせる。
　そしてあたしは無心になることなく、2発目3発目の攻撃を桃乃に加えた。
　頭部に当たったときは頭蓋骨が砕ける音がした。
　顔面に当たったときは折れた歯が吹き飛び、桃乃の口は血まみれになった。
　桃乃は逃げるために背中を丸め、ダンゴムシのようになって自分を守った。
　そうすると、今度は背中を中心に殴ることになった。
　背中は骨が浮き出ていて固かったが、何度か殴るとすぐに柔らかくなった。
　骨が折れたのだ。
　それでも桃乃は丸まったままだったから、あたしは足で桃乃の脇腹を蹴って仰向けにさせた。
　桃乃はすでに気絶していたが、呼吸はあった。

あたしは仰向けになった桃乃の顔面を、さらに蹴りつけた。

　桃乃はすぐに目を覚ましましたが、あたしは立て続けに攻撃を加えた。

　鼻がくぼみ、目が飛び出て、頬が歪む。

　それでも桃乃は生きていた。

　真っ赤に腫れ上がった唇で「助けて……」と、まるで死人のような声を出す。

　あたしは桃乃を黙らせるため、その口に棒を突っ込んだ。

　そして棒に体重をかけて気道を塞ぎ、窒息死させたのだ……。

　自分がここまでできるなんて思ってもいなかった。

　しっかりと意識があるままに、こうすれば桃乃は死ぬと考えながらの行動。

　あたりは血まみれで、桃乃が苦しんで這いまわった手形がついている。

　あたしはそれらから視線をそらし、まだ倒れている翔吾に目をやった。

「翔吾……」

　その場に膝をつき、翔吾の頬に触れる。

　すると手についていた桃乃の血が、翔吾の頬についた。

「翔吾、ドアは開いたよ……ねぇ、起きて？」

　あたしは翔吾の頬を優しく撫でた。

　そのとき、自分の手が小刻みに震えていることに気がついた。

あたし、怖かったんだ。

桃乃を攻撃しながらも、本当はすごく怖かった。

翔吾を助けたくて、ただそれだけで桃乃を殺したんだ。

「ねぇ……目を覚ましてくれなきゃ、前に進めないよ……」

声も震えていた。

桃乃から食らった一撃の打ちどころが悪ければ、翔吾はこのまま目覚めないかもしれない。

そんな不安が胸の中に渦巻いていた。

このまま翔吾が目覚めなくて、この部屋に置いていくことになったら？

想像するだけでも涙が出た。

それなら、あたしはここで翔吾と一緒に殺されたほうがよかった。

桃乃１人で〈mother〉を出るのは許せないが、翔吾がここにいるならあたしもここにいたかった。

「翔吾……」

にじんだ涙が翔吾の頬に落ちる。

そのときだった。

翔吾の目がうっすらと開いたのだ。

「翔吾!?」

あたしは思わず翔吾の体にすがりつく。

「朱里……」

翔吾は混乱したようにあたしを見る。

「翔吾、大丈夫？」

そう聞くと、翔吾は何かを思い出したようにハッとした

表情を浮かべた。
「桃乃は!?」
　そう言い、上半身を起こす。
　それと同時に、頭を押さえて顔をしかめた。
「まだ無理しちゃダメだよ」
「でも……」
　座った状態で部屋の中を見まわし、そして唖然とした表情を浮かべる翔吾。
　周囲が血にまみれていて驚いているようだ。
「桃乃は死んだよ」
「え……？」
「この部屋では『憎い相手を殺せ』という指示だった。だからあたし、頑張ったの」
　言いながら、あたしはほほえんでいた。
　でも、涙が止まらない。
「朱里……」
　翔吾があたしの体を引き寄せて、頭を撫でてくれた。
　すると涙は次から次へと溢れ出し、止まらなくなる。
「翔吾ぉ……！」
　翔吾の胸に顔をうずめ、小さな子どものようにしゃくり上げる。
「ごめんな、朱里。俺のために……ありがとう……」
　血なま臭い部屋の中、翔吾はずっとあたしの頭を撫でていてくれたのだった……。

ルーム5

　どうにか2人で部屋を出たあたしたちは、互いに支え合うようにして通路を歩いていた。
　そして、長い通路を歩きながら、ここから出たときのことを話し合う。
「朱里は、ここから出たらいちばんに何がしたい？」
　その質問に、あたしはすぐ「翔吾とデートがしたい」と、答えた。
　すると翔吾は楽しそうに笑って「俺もそう思ってた」と、言った。
　灰色の通路の途中で何度か立ち止まり、あたしたちはキスをした。
　それは吐血したから血の味がしたけれど、今まででいちばん優しくて、深いキスだった。
「こんなことになるなら、キス以上のこともしておくんだったな……」
　キスをしたあと、翔吾が冗談めかしてそう言った。
　あたしは、その言葉にほほえんだ。
「大丈夫だよ。ここから出たら、毎日でもできるから」
　だけど、翔吾はあたしの言葉に返事をせず、再び歩き出した。
　次のドアが出口でありますように……。
　そう願いながら、歩いていた。

そしてついに、次のドアの前にたどりついてしまった。

現実から逃れるように幸せな将来の話をしていたのが、ピタッと止まる。

このまま2人で結婚して子どもを産んで、幸せな家庭を作る。

殺し合いをするよりもずっとずっと現実的な夢が、一瞬にして消えていく。

あたしたちの現実は、結婚することでも子どもを授かることでもない。

今、目の前にあるドアを開けることなんだ……。

翔吾は大きく息を吸い込み、ドアノブに手をかけた。

あたしは翔吾のもう片方の手を握りしめる。

どうか、このドアの先に青空がありますように……。

ギュッと目を閉じ、呼吸さえ止めてそのときを待つ。

カチャ……。

小さな音が、まるで死刑宣告を告げているように感じられた。

「まだ、終わらないのか……」

翔吾のそんなセリフが、あたしを絶望のどん底へと突き落とす。

そっと目を開けると、開け放たれたドアの向こうに広がる冷たい灰色の部屋に愕然とした。

まだ、続くの……？

翔吾としっかり繋がれていた手が、スルリと離される。

あたしはその手をもう一度握りたかったけれど、翔吾は

それに気づかずに部屋の中へと入っていってしまった。
「今度は……何……？」
　恐る恐る部屋に足を踏み入れると、さっきと同じような４畳半ほどの空間しかなかった。
　それでも、２人でいるには十分な広さだ。
　そして、その中央には今までと同じようなメモ用紙と……拳銃が置かれていた。
「【守りたい者を殺せ】……」
　翔吾が立ったままの状態でメモを読んだ。
「冗談でしょ……？」
　自分でも情けなくなるくらい、声が震えた。
『守りたい者』……。
　あたしからすれば翔吾。
　翔吾からすればあたし。
　互いに殺せということになるが、拳銃は１つしか用意されていない。
　どちらが殺して、どちらが生き残るか。
　２人で決めなければならないのだ。
　翔吾はしゃがみ込み、拳銃を手に取った。
　それはズッシリと重たそうで、とてもオモチャには見えなかった。
「弾は１発だけだ」
　元々趣味でモデルガンなどが好きな翔吾は、弾倉を確かめてそう言った。
「それって……やっぱり本物なんだよね？」

「……あぁ」
　翔吾は頷く。
「あたしは無理だよ……翔吾を殺すなんて……」
　あたしはそう言いあとずさりをした。
　殺すなら、あたしを殺せばいい。
　背中を壁にピッタリとつけて、自分自身が逃げられないような体勢を作る。
「だから、翔吾があたしを……」
『殺して』
　そう言い終わる前に翔吾が怒鳴り声を上げていた。
「バカなこと言ってんじゃねぇぞ!!」
　それは今まで聞いたことのない怒りを含んだ声で、あたしは体をビクッと震わせた。
「勝手に決めてんじゃねぇよ！　俺だって……お前を殺すなんて……っ！」
　拳銃を床に置き、あたしの体を抱きしめる翔吾。
「でも……」
　早く決めないと、ここで２人とも死んでしまう。
　生き残れる可能性があるなら、翔吾に生き残ってほしい。
「翔吾、聞いて？」
　あたしは、翔吾の体をそっと自分から引き離してそう言った。
「義足でもサッカーはできるよ？　今まで以上の努力は必要かもしれないけれど、世界だって目指せる。翔吾の夢は、まだ終わりじゃないよ？」

それは、ここへ来る前から思っていたことだった。

あたしは、まっすぐに翔吾を見つめる。

義足になってから、サッカーに関するすべてのことを放棄してしまった翔吾。

だけど、少し夢を見る角度を変えれば、それはまだ終わりじゃないということが見えてくるんだ。

「朱里……」

翔吾が驚いたように目を見開き、あたしを見た。

「あたしには、大きな夢は何もなかった。ただ、高校を卒業して、進学して就職して。そんな平凡な人生を歩んでいくんだろうなって、思ってた。でも、今は違う。あたし、今ここで翔吾を守りたいと思ってる。これほどまでに強く思ったことなんて今までに一度もない」

そう言いながら、あたしはほほえんだ。

好きな人にまっすぐ自分の気持ちを伝えられるのも、きっとこれで最後になるだろう。

「翔吾、あたしの初めての夢を叶(かな)えてくれないかな？」

「朱里……」

翔吾の表情が歪む。

その目は涙でにじみ、きっとあたしが歪んで見えていることだろう。

それでも、あたしはほほえんでいた。

涙が溢れそうになるのをグッとこらえ、今まででいちばんの笑顔を翔吾へ向けていた。

翔吾はうつむき、肩で大きく呼吸を繰り返している。

それを見て、気がついた。
　そういえば、さっきから息苦しさを感じる。
　それはこんな場所にいるせいで、精神的に追い詰められているからだと思った
　が、どうやら違うらしい。
　この部屋の酸素は、確実に少なくなっているようだ。
「翔吾、時間がないよ」
　あたしがそう言うと、翔吾は無言のままあたしに背中を向け、部屋の中央へと歩いていった。
　そして、拳銃を手に取る。
　その姿を見て、あたしの心には安堵が広がっていた。
　翔吾を助けることができる。
　そう思うと、今までの出来事がほどよい疲れとなって、心地よく体を包み込みはじめた。
　このまま眠れるかもしれない。
　そんなふうに考えられるほどに。
　拳銃を片手に持った翔吾がゆっくりと振り向いた。
　その目から涙は引いていて、まっすぐにあたしを見た。
　決意を固めたようなその表情に、あたしは１つ頷いた。
　そして翔吾があたしに近づいてくる。
　銃口を、しっかりとあたしへ向けて。
「朱里……今までありがとう」
　翔吾がいつもの穏やかな口調でそう言った。
「あたしこそ、ありがとう」
　そう答え、目を閉じる。

恐怖心はなかった。
好きな人の手で人生を終わらせることができる。
それが、幸せだった……。

——バン！
たった1発の銃声が狭い部屋に鳴り響き、あたりに火薬のニオイが漂った。
息苦しさはあるが、体に痛みはない。
一瞬にして死んでしまっただろうか？
死ぬときは痛みや苦しみを感じない、なんて聞いたことがあるけど、本当だったんだ……。
そんなことを考えながら、ゆっくりと指先を動かしてみる。
「……」
ところが、今までと何も変わらない感覚がそこにはあった。
疑問を感じて、真っ暗な世界から脱出するようにあたしは目を開けた……。
次の瞬間、目の前で倒れている翔吾が見えた。
手には拳銃が握られたままになっていて、頭には銃で撃たれた穴が開き、血が流れ出している。
「なんで……？」
目の前の光景が理解できなくて混乱する。
せわしなく周囲を見まわし、「え……なんで？」と、独り言を繰り返す。
「翔吾……嘘だよね!?」
ようやく翔吾の体に触れて、その体から力が抜けている

のがわかると、すぐに涙が浮かんできた。
「どういうこと？　なんで？　どうなってるの!?」
　１人になって、あたしをなだめてくれる人もいない。
　混乱は混乱を呼び、あたしは死体になってしまった翔吾にすがりついた。
「やだよ!!　なんでこんなことになってるの!?　ねぇ翔吾、答えてよ!!」
　あたしはこの部屋で翔吾に殺されるはずだった。
　生き残るのは翔吾だった。
　なのに……。
　涙で滲む視界の中、床に置かれたメモが見えた。
　しゃくり上げながら、メモを乱暴に拾い上げる。
【守りたい者を殺せ】
　守りたい者……。
　そうか……このメモ、相手を殺せなんてどこにも書いてないんだ。
　守りたい者、つまり自分自身を自分の手で殺してもよかったんだ。
「あぁぁぁぁぁぁ!!!!」
　あたしは野生動物のような叫び声を上げ、メモをビリビリに破いた。
　翔吾は拳銃を握りしめたとき、自分が死ぬことを決意したんだろう。
　破いたメモを踏みつけ、床を殴りつけ、拳銃を思いっきり蹴り飛ばした。

「翔吾！　翔吾！　翔吾‼」
　いくら名前を呼んでも、翔吾は目を開けない。
　揺さぶっても、叩いても、翔吾はピクリとも反応しなかったのだった……。

2章

新メンバー

　しばらく放心状態で翔吾のそばから離れることのできなかったけれど、どんどん酸素が薄くなってゆく部屋に、ゆっくりと体を起こした。
　翔吾は自分の命を捨ててあたしを守ったんだ。
　ここで死ぬわけにはいかない。
　そう思い、立ち上がる。
　翔吾の死体をこのままにしておくのは嫌だったけれど、あたしの力では部屋の外まで引きずって出るのが精いっぱいだった。
　部屋を出ると、あたしは翔吾にキスをした。
　ここで死んでいった死体が、まともに埋葬されるなんて思えない。
　豚のエサになっている可能性だってある。
　そう思うと、また涙が出てきた。
「翔吾……あたし、ここから出たら……絶対に〈mother〉を潰す!!」
　そして、翔吾や死んでいった人たちの敵を取る!!

　それからも、灰色の通路は続いていた。
　翔吾と2人で歩いていたときには短いと感じた通路も、今はすごく長く感じられた。
　あたしは時々、鼻歌を歌った。

翔吾が好きだったロックバンドの曲だ。

あたしも一緒にCDを聞いていたので、知らない間に覚えていた。

ほとんどが英語の歌詞で内容なんてちっともわかっていなかったけれど、『メロディが好きなんだ』、翔吾はそう言っていた。

うん。あたしも好きだよ。

翔吾が好きなものは、あたしもどんどん好きになっていってたよ。

あたしは翔吾とともにこの建物を出る。

あたしは大きく息を吐き出し、目の前に現れたドアを見つめた。

もう全員いなくなった。

脱出ゲームはこれで終わりだ。

あのドアを開ければきっと自由が待っている。

あたしはドアノブに手をかけた。

何度こうしてドアを開け、開けた先の部屋で絶望を目の当たりにしただろう。

でも、ここまで来たんだ。

ここまで……。

ドアを開けると、そこには広い部屋があった。

壁には大きなモニターがかけられていて、部屋の中にはあたし以外に4人の男女が呆然と立ち尽くしていた。

あたしも、呆然としてみんなを見まわす。

年齢はそれぞれ違うようで、いちばん年上に見える男性

は50代くらいに見えた。
　ただ１つ、全員に共通するところと言えば……みんな、血まみれの服を着ているということ。
　あたしも含めて、全員が。
「どうなってんだ……」
　そう呟いたのは、あたしと同年代くらいに見える男の人だった。
　色素が薄く整った顔立ちをしていて、こんな状況じゃなく街中で見かけていたら目を奪われていただろう。
「今度はなんの部屋よ」
　怯えたようにそう言ったのは、シワが目立ちはじめた女性だった。
　中年太り気味の体で震えている。
「『今度は』って、どういう意味ですか？」
　そう言ったのは50代くらいの男性だった。
「わ……私は今まで５つの部屋を見てきました」
　女性が恐る恐る説明をはじめた。
　それはまるっきりあたしが経験してきたものと同じで、聞けば聞くほど吐き気を催した。
「まさか、みんなも？」
　若い男性が周囲を見まわしてそう聞く。
　あたしは小さく頷いた。
「推測ですが、これって年齢別に集められていたということではないでしょうか？」
　比較的若く見える女性がそう言った。

そうかもしれない……。
「とにかく、我々がここへ集められたということは、また何かあるのかもしれない。何かがはじまる前に自己紹介をしましょう」
　50代の男性の提案に、誰も否定はしなかったのだった。

　いちばん年下はあたし、10代、世田朱里。
　20代は龍優也さん。
　色素の薄いイケメンだ。
　30代は池田夏子さん。
　心配になるほど細い女性。
　40代は松田昭代さん。
　中年太り気味の女性だ。
　50代は五十部勲さん。
　疲れ切った顔をしている男性。
　それぞれの年代の勝ち残りがここへ集められている。
　それは明白だった。
「まだ続くのかよ……」
　優也さんが顔をしかめて呟く。
　きっとみんな同じ気持ちだろう。
　勝ち進んできた自分は外へ出ることができる。
　そう思ってこの部屋のドアを開けたのに、その期待は一気に砕け散った。
「でも、この部屋にはメモが置かれていないわね」
　昭代さんがそう言い、部屋の中を見まわす。

「そうですね。でも、あんなに大きなモニターがある」
　夏子さんがそう言い、壁にかけられているモニターに注目した。
　モニターの下には引き出しのようなものがついていて、勲さんが引き出しの中を確認しようとしたが開かなかった。
「今から何をやらされるんだろう……」
　怖くなってあたしは呟いた。
　年代も性別も違う人たちと争うなんて、自信がなかった。
　あたしはいちばん年下だから、また投票なんてことになるといちばんに選ばれてしまう可能性だってある。
　明らかに不利な状況だ。
　翔吾……。
　あたしは、置いてきた翔吾の亡骸を思い出した。
　こんなことになるなら……まだ続いていくのなら、翔吾の亡骸と一緒にあの部屋にとどまったほうがよかった。
　そうすれば一緒に逝くことができたのに……。
　そう思っていると、優しい手があたしの背中を撫でた。
　ハッとして視線を移動させると、そこには心配そうな顔をしている優也さんがいた。
「キミ……朱里ちゃんだっけ？　顔色が悪いけど大丈夫？」
　そう聞きながら、子どもをあやすようにあたしの背中を撫でる。
「ちょっと……ショックで……」
「だよな。俺だってそうだよ。もう出られると思ってた」
　そう言い、優也さんは悔しそうに唇を噛んだ。

「あたし……前の部屋で彼氏と2人になったんです」
　気がつけば、あたしは震える声でそう言っていた。
　こんなことを言うつもりじゃなかったのに、優也さんの優しい手が、あたしの凍てついた心を少しだけ溶かしたようだった。
「え？」
　優也さんが驚いたようにあたしを見る。
　初めて会った優也さんに、こんなことを話すのはおかしいかもしれない。
　でも、誰かに聞いてほしかった
　とても1人で抱えていられるようなことではなかった。
「彼は……翔吾は自分で自分の頭に拳銃を当てて……」
　そこまで言って、言葉に詰まった。
　だけど、同じことを経験してきたはずの優也さんは、すぐにその次の言葉を理解したようだ。
「そうだったのか」
　優也さんはそう言い、あたしの手を握ってくれた。
　その手はとても温かくて、でも、翔吾の大きな手よりは小さくて細かった。
　優也さんは、スポーツをした経験がないのかもしれない。
「俺の周囲にいた人は、みんな見たことのない他人ばかりだった。だから、キミよりは傷が浅くて済んでいるのかもしれないな」
　優也さんはそう言って、あたしを慰めてくれたのだった。

ルーム6

　それからあたしたちは部屋の中央に集まり、どうやって勝ち上がってきたのかを話していた。
　そのほとんどが無我夢中で、とにかく死にたくなくて必死だった……というものだった。
　何かを考えたり誰かを陥れたりする暇なんて、誰にもなかったようだ。
　こうしてここまで来ることができたのも、ほとんど奇跡に近い。
　だけど、《奴隷部屋》に連れてこられた経緯については知られたくないのか、誰もその話題には触れずにいた。
　あたしが《奴隷部屋》に来た理由は隠す必要のないものだったけど、ここでその話をしてもきっと嘘だと思われて立場は悪くなるだろう。
　あたしはみんなに合わせて、無難な話をして適当に相槌を打つだけだった。
「しかし、この部屋ではいったい何をするんだろうな」
　勲さんが、落ちつかない様子で周囲を見まわしてそう言った。
　ここへ来て10分くらいが経過しているけど、何かが動き出している気配はない。
　何をすればいいかの指示もなく、命を奪うような仕掛けも見られなかった。

「何もないほうがいい」

そう言ったのは夏子さんだった。

夏子さんは、さっきから小刻みに震えている。

「でもさ、今までのことを考えたら、何もないなんてありえないでしょ」

昭代さんが冷静な口調でそう返した。

残念ながら、あたしも昭代さんの意見に賛成だった。

「なんでそんなことを言うの!?」

夏子さんが甲高い声を上げる。

理性を失いかけているのか、吊り上がった目で昭代さんを睨んだ。

昭代さんはそんな夏子さんを見て、ため息をついた。

人を見下すような昭代さんの態度が、夏子さんを追い詰めていることが見ていてわかった。

わざとかもしれない。

とっさにそう思った。

夏子さんの不安や恐怖を煽り、何かがはじまったら冷静な判断ができないようにしているのかも。

「やめましょう」

そう言ったのは優也さんだった。

優也さんは2人の間に割って入るような形で立ち、昭代さんを見た。

そのまっすぐな瞳に昭代さんがたじろぐ。

張り詰めかけていた空気が、少しだけ穏やかになるのがわかった。

優也さんはあたしにだけでなく、他のメンバーにも優しいんだ。
　優也さんが仲裁に入ったことで、昭代さんと夏子さんが冷静さを取り戻したときだった、
　正面の巨大モニターが、音も立てずに映像を映し出した。
　あたしたちの会話はピタリと止まり、全員の視線がモニターへと移動した。
　画面に映し出されたのは、つい数時間前に自分たちが脱出してきた《奴隷部屋》の様子だった。
　画面は5つに分割されていて、年代別に分けられた部屋が映っている。
　《奴隷部屋》の中はどれもたくさんの人たちが窮屈そうにひしめき合い、泣いている人や叫んでいる人もいた。
　それはまるで家畜小屋のような状態で、見ているだけで胸の奥がムカムカしてくるのを感じた。
　あの中に自分たちがいたのだと思うと、怒りも込み上げてくる。
　モニターを見ているあたし以外の4人も黙り込んでいて、その表情は硬かった。
　音声が出ていないのが幸いだったといえるだろう。
　もし音声があったら……。
　考えるだけで吐き気がする。
　しばらくその様子を見ていると、各部屋の中に黒いスーツを着た大きな体の男が1人入っていった。
「あの男たちは？」

夏子さんが画面に食い入るようにして身を乗り出し、誰ともなくそう聞いた。
「わからない」
　昭代さんが答える。
「でも、〈mother〉の関係者だろうな」
　勲さんが呟くようにそう言った。
　たしかに、あたしもそう思っていた。
　《奴隷部屋》に入っていった男たちはそれぞれ奴隷を１人を選び、その奴隷を連れて部屋から出た。
　見てみると、選ばれた奴隷は全員男性だ。
　男性は暴れたり、スーツ男に話しかけたり、不安そうな顔をして灰色の通路を進んでいく。
「これから何がはじまるの……？」
　恐怖と嫌な予感で、あたしは自分の手を握りしめた。
「大丈夫だ。心配するな」
　優也さんがそう言ってくれるけれど、それで拭いきれるような不安ではなかった。
　でも、あたしを心配してくれている気持ちはうれしい。
　画面を見ていると、スーツの男が通路の途中で立ち止まり、右の壁を手のひらで押した。
　すると、壁の一部がドアのようになって開いたのだ。
「まさか！」
　夏子さんが思わず声を上げた。
「あんなドアがあったなんて……気がつかないわよ！」
　昭代さんがそう言い、顔をしかめる。

そういえば翔吾とあたしが《奴隷部屋》から出てきた時も、こんなカラクリが仕掛けられたドアだった。
　あれは廊下のあちこちに設置されていたようだ。
　自分たちが通ってきた通路にこんな仕掛けがしてあったなんて、思いもしなかった。
　施設内の人間だけが知っているドアだ。
「まさか、あのドアに気づいていれば外へ出られたんじゃないだろうな？」
　優也さんがそう言う。
　……そうなのかもしれない。
　だとすれば、殺し合いなんてする必要はどこにもなかったことになる。
　悔しさに歯を嚙みしめた。
　だが、そんな期待もあっという間にかき消されていった。
　隠しドアを入った先にあったのは、学校の体育館くらいの広場だった。
　でも、ただの広場じゃない。
　それは楕円形をしていて、壁際はすべて客席のような状態になっている。
「野球場？」
　夏子さんが呟く。
　あたしは「違う……」と、小さく答えた。
　あえて古臭さを演出するように作られたその広間を、あたしはマジマジと見つめた。
　この建物、少し前に見たことがある気がした。

どこで見たんだっけ？
　そう思っていると、モニターをジッと見ていた勲さんが言った。
「コロッセオだ」
　その言葉に、あたしはハッと息をのんだ。
　コロッセオは、ローマの有名な建造物。
　この中で血生臭い戦いが頻繁に行われていたというのは、有名な話だ。
　あたしは世界史の教科書でこれを見た。
「これから何がはじまるっていうの……」
　昭代さんの震えた声が室内に響く。
　まさか、昔のローマと同じことが再現されるんじゃないだろうか。
　そんな思いが胸をよぎる。
　でも、ここは日本だ。
　画面の中の客席にはたくさんの人が入っているし、殺し合いをさせるなんてこと……あり得ない。
　そう思うけど、これまでの出来事を考えると、あり得るかもという気持ちになってくる。
　すべての奴隷たちが広場の中央へと集められ、5等分されて映されていた画面は1つになった。
「はじまる……本気で、戦いがはじまる」
　優也さんが呟いた。
「そんな……」
　あたしは優也さんを見る。

しかし、優也さんは画面を見つめたまま、こちらを見ようともしていなかった。
　奴隷たちが互いに混乱した表情を浮かべている。
　そのときだった。
　突然画面が切り替わり、薄暗い部屋が現れた。
　その真ん中には黒いスーツを着た男が1人立っている。
「これ、さっきの5人のうちの1人？」
　夏子さんが言う。
「わからない」
　勲さんがそう答えた。
　画面の男にはこちらの音声が届いているようで、「私が誰であるか、それは今、あなた方には関係のないことだ」と、言った。
「いったい、俺たちに何をする気だ！」
　音声が届いているとわかった瞬間、優也さんがそう声を上げた。
「そうよ！　ここまで来たのに、いつ外に出られるのよ!!」
　夏子さんが叫ぶように言い、画面に向かって唾を吐いた。
　その瞬間、夏子さんの体がビクンッと跳ねて動きを止めた。
「夏子さん!?」
　慌てて駆け寄ると、夏子さんが小刻みに痙攣しているのがわかった。
「モニター越しといえど、人に唾を吐きかけるのはやめてくれないかな」
　そう言い、低い声で笑うスーツの男。

「こいつが首輪を操作してたのか……」

　勲さんが呟く。

　そうだ、あたしたちにはまだ首輪がついている。

　相手を怒らせるのはよくない。

　しばらくその場で痙攣していた夏子さんだったが、不意に体の力を失ったようにその場に崩れ落ちた。

「夏子さん！」

「……大丈夫よ」

　夏子さんの意識はしっかりしている。

「立てますか？」

「ええ、ありがとう」

　夏子さんに肩を貸して立ち上がらせると、あたしたちはまたモニターのほうを見た。

　モニターには、含み笑いを浮かべているスーツ男の姿がある。

　あたしたちを見て、ずっとこうして笑っていたんだろうか。

　そう思うと、怒りが爆発しそうだった。

　みんな死んでいった。

　外へ出られると信じて《奴隷部屋》から脱出したのに、太陽を見ることもなく死んでいった。

　そんな人たちの気持ちなんて、この男はきっとどうでもいいんだろう。

　あたしや翔吾のようにここへ来る理由も納得できていない人だって、きっとたくさんいるのに。

　でも、彼らには、そんなこと関係ないんだ。

下位レッテルの者はすべて奴隷。

そういう認識なんだろう。

「いいから、早くこれから何をすればいいのか説明しろよ」

優也さんがモニターの男へ向かってそう言った。

一刻も早く、この建物の外へ出たいのかもしれない。

「そうだな。そろそろ次のゲームの説明をはじめよう」

誰もが『ゲーム』という単語に一瞬反応を見せるが、何も言わなかった。

この男にとって、あたしたちはゲームのコマにすぎないのだ。

画面の右下に、先ほどのコロッセオの様子が映し出された。

集められた男性たちはまだ混乱しているようで、周囲を見まわしている。

これから自分たちの身に何が起こるのか、まったく理解していない様子だ。

「これから彼らには殺し合いをしてもらう。キミたちには誰が生き残るかを予想してもらおう」

男がそう言い終わると同時に、モニターの下にある引き出しがスッと開いた。

勲さんが「引き出しまで遠隔操作だったのか」と、呟くのが聞こえてきた。

優也さんが引き出しの前へ歩いていくと、「写真が入ってる」と言い、振り向いた。

みんなも優也にさんに続いて、それを確認する。

見ると、コロッセオに連れていかれた5人の写真がそれ

ぞれ5セット用意されている。
「みんなで決めるのではなく個々で決めろってことだな」
　勲さんがそう言い、写真を1セット手に取った。
　まるでトランプのようにして持ち、品定めをはじめている。
　あたしもそれに続き、写真を手に取る。
　つい先ほど撮られた写真なのか、みんな困惑した表情で写っている。
　写真の右上には、AからEまでのアルファベットが振られている。
　この中で誰が勝つかを選べって言われても……。
　見た目だけなら、いちばん筋肉のついているAの人だ。
　でも……。
　あたしはモニターへ視線を移した。
　Aが客席に気を取られている間に、残りの4人が何やらコソコソと話をしているのがわかった。
　A以外の全員が今の状況を把握したのかもしれない。
　そして、いちばん力が強そうなAを、協力して倒すように計画を立てているのかも。
　あたしは4人の写真を見た。
　みんなそれぞれ体格はよくて、簡単に負けそうには見えない。
「これって、選ぶのは1人だけなのかな……」
　そう言ったのは夏子さん。
　さっきの電流のせいか、額には少し汗が滲んでいる。
「たぶん、そうだろうね」

そう答えたのは勲さんだった。
　勲さんはさっきから引き出しの中を気にしている。
「そこに何かあるんですか？」
　引き出しの中にあった写真はもう全員に行き渡っているから、中は空のはずだ。
「見てごらん」
　そう言われ、あたしは引き出しの中を覗いた。
　そこにはポストのような口が５つ開いていて、口の下には【10代】、【20代】という年齢が書かれていたのだ。
「これって……」
「自分の年代の場所に選んだ写真を入れるということじゃないか？」
　なるほど。
　通常の引き出しよりも縦に大きい理由がわかった。
　写真を入れておくスペースと、写真を選んで入れるスペースが作られていたんだ。
　でも、モニターであたしたちの様子は確認できるはずなのに、どうしてこんな手の込んだことをするんだろう？
　あたしは首をかしげる。
「１枚だけって考えるのはどうしてですか？」
　優也さんが勲さんにそう聞く。
「写真を入れる幅が１枚分だからだよ」
　たしかに、穴の幅は写真１枚分くらいの大きさだ。
　でも、それなら何回かに分けて複数枚入れることが可能だということだ。

あたしは、さらに首をかしげた。

そして、勲さんを見る。

一瞬あたしと目が合った勲さんは、とっさに視線をそらした。

まさか、自分だけ複数の写真を選ぼうとしてる？

複数枚選べるのであれば、当然自分の勝率は上がる。

スーツの男は１人を選べ。

とは言っていなかった。

あたしは写真の男性たちに視線を移した。

今のところ有力なのはA以外の４人だ。

でもそこから絞るのは難しい。

それなら、４人の写真をすべて入れればいいのでは？

勲さんも、きっとそれを狙っているんだろう。

そう思ったときだった。

モニターの男が楽しそうに笑っているのが見えた。

声は出していないが、ニヤニヤと歯をのぞかせて笑っている。

何がそんなに楽しいんだろう。

あたしたちが必死に生き残ろうとしているのが、そんなに楽しいんだろうか。

「さて、そろそろ決めてもらおうか」

モニターの男の声に、ビクッと体を震わせる昭代さん。

「決めた？」

優也さんにそう言われ、あたしは小さく頷いた。

複数選んでも大丈夫なことを、優也さんにも教えるべき

だろうか？
　一瞬そう思った。
　でも、ここで会話をしていればすぐに他の人たちに気づかれるだろう。
　あたしは開きかけた口を閉じて、優也さんから視線をはずした。
　みんな一緒に脱出なんて、きっと不可能だ。
　あたしは翔吾の思いを背負っている。
　他の人に脱落してもらうしか、ないんだ。
　自分自身にそう言い聞かせて、あたしは引き出しの前に立った。
　Aを除いた全員の写真を入れる。
　これで、あたしはこの部屋から生き残ることができる。
　そう思い、深呼吸をする。
　大丈夫。
　きっとうまく行く。
　Bの写真を持つ指が、小刻みに震えている。
　モニターをチラッと見ると、相変わらずニヤけた顔のスーツの男が見えた。
　人の生き死にを見て楽しんでいるなんて、本当に悪趣味な奴。
　ギリッと奥歯を噛みしめる。
　そして、Bの写真を入れた……その瞬間、カシャッと音がして写真の投票口が閉まったのだ。
「え……」

思わず、小さく声を漏らす。
一瞬にして背中に大量の汗が噴き出すのがわかった。
嘘……嘘でしょ!?
指先でさっきまで開いていた投票口をなぞる。
ところが、爪に少しの凹凸が引っかかるだけで投票口は開かない。
ハッとして顔を上げるとモニター越しにスーツの男と目が合った。
スーツの男はニヤリと笑って見せる。
全部、お見通しだったんだ……。
勲さんの考えも、あたしの考えも。
だからあんなに楽しそうに笑ってたんだ!!
悔しくて歯を噛みしめる。
あたしが入れたのはBの写真。
残りは全部手元にある。
Bが勝たなければあたしはここで死ぬ……。
知らず知らずのうちに手に力が入り、あたしは写真を握り潰していたのだった……。

それから、優也さんの投票が終わり、夏子さんの投票が終わり、昭代さんの投票が終わった。
残りは勲さん、ただ1人だ。
勲さんは余裕そうな表情を浮かべて引き出しへと向かう。
でも、その表情も一瞬にして焦りに変わった。
あたしと同じように、投票口をこじ開けようとしている

音が聞こえてくる。
「無理だよ」
　あたしは勲さんの背中に向かってそう言った。
　勲さんが額に汗をにじませて振り向いた。
「投票は一度きり。勲さんが言っていたとおりだった」
　あたしは淡々とした口調でそう言った。
「そ……んな……」
　目を見開き、青い顔で引き出しから遠ざかる勲さん。
「みなさん投票は終わったようですね。それでは写真を回収します」
　スーツの男がそう言うと同時に、引き出しは閉まった。
　重たい空気が部屋の中を包み込んでいる。
　みんな、何も言わなかった。
　結果がどうなるか、それだけに自分の安否のすべてがかかっている。
　それは耐え難い試練だった。
　呼吸は浅く速くなり、部屋がグルグルとまわって見える。
　夏子さんは青白い顔をして床に座り込んでしまった。
「朱里ちゃんも、辛かったら座ってるといいよ」
　優也さんがそう声をかけてきてくれたので、あたしは夏子さんの隣に座った。
　誰もが固唾をのんでモニターを見守る。
　画面上では５人の男たちが対峙し、互いに睨み合っている。
　会場ではこれからはじまる戦いの説明がされているのか、

観客の中には拳を突き上げて喜んでいる者もいた。
「おい、この人、大橋病院の院長じゃないか!?」
　そう言ったのは勲さんだった。
　勲さんはジッと目をこらして画面を見ている。
「それだけじゃないわ。永田百貨店の会長もいる」
　昭代さんが言った。
　画面に映っている観客たちはみんな〈mother〉という都市の中では有名な人たちばかりで、中には警察官の姿もあった。
「信じられない……」
　あたしは呟く。
　警察官まで絡んでいるということは、外へ出てすべてを暴いてもなんの意味もないということだ。
　逆に捕まる可能性だってある。
「これは、〈mother〉のお偉いさん方を楽しませるためのショーってところか」
　優也さんが憎しみを込めた声色でそう言った。
「最低ね」
　夏子さんが呟く。
　そうしているうちに、画面上ではAを除く4人が行動に出ていた。
　事前に打ち合わせをしていたとおりのようで、BとCの2人がAの両腕を掴みその動きを封じた。
　Aがまだ混乱している間に、残りの2人が攻撃に入る。
　Dが振り上げた拳がAの頬に当たり、それとほぼ同時に

Aは血を吐いた。
　たった一度のパンチで血が出るなんて、相当な力が入っているのだろう。
　Eも必死でAの腹部に蹴りを入れる。
　Eの足がAの腹部にめり込むが、Aは両腕を抑えられているため倒れることさえ許されず、その場に嘔吐した。
　それでも２人の攻撃は容赦なく続いていく。
　時々客の姿が映し出されるが、誰もがショーを見て喜んでいる様子だった。
「吐き気がするな」
　優也さんが吐き捨てるようにそう言った。
　あたしは「うん」と、頷く。
　同じ人間とは思えない、最低な奴らだ。
　しばらくAを集中的に攻撃していたから、Aはついに立つことさえできなくなりその場に膝をついた。
　その様子を見て、DとEの動きが止まる。
　何やら周囲を見まわし、指示を仰いでいるようにも見える。
　そのときだった……「殺せ」、観客の口がたしかにそう動いたのをあたしは見た。
　誰が言いはじめたのかわからないそれはあっという間に会場に広まっていき、「殺せ、殺せ」と、繰り返される。
　聞こえなくても、耳の奥でこだましているような感覚に顔をしかめた。
「どうなってるのよ、この人たちは……」
　一般の常識をはるかに逸脱した彼らに、昭代さんが怯え

た表情を浮かべた。

　これほどの人数が人を殺すことを望んでいる。

　それは、戦争と同じほど恐ろしいことだった。

　しばらくその場に立ち尽くしていた4人だったが、最初にBが動いた。

　さっきまで動きを封じるほうに徹していたから、まだまだ体力は十分にありそうだ。

　Bは倒れているAの腹部を蹴り、自分の体重をかけた。

　さらに、自分の下で苦しそうに呻(うめ)いているAに、何か叫んでいる様子が映し出される。

　その目は血走っていて、Aの命を奪うことを覚悟しているのだとわかった。

　Bは何度も何度もAの腹部を蹴り、時折他のメンバーへ向かって何かを言った。

　Bに何かを言われたCが、我に返ったようにAに危害を加えはじめる。

　続いてDとEも、再びAへの危害を再開した。

　Aは、すでにぐったりとしていて白目をむいている。

　しかし、まだ心停止とまでは至っていないのだろう、まわりからのストップはかからない。

　ダラリと横たわるしかないAの体を蹴るたびに、Dが苦痛で表情を歪めはじめた。

　そして突然、せきを切ったように涙を流しはじめたのだ。

　大きく口を開け、まるで子どものように泣きじゃくるD。

　彼はたしか10代の部屋から連れ出された子だ。

あたしよりもまだ若い。
体格こそいいけれど、中学に上がったばかりくらいに見える。
こんな過酷なことをやらされて精神が持つはずがない。
泣きじゃくるDを前にEが動いた。
Dの体を地面に押しつけ、馬乗りになる。
Dはハッとした表情を浮かべるが、すでに抵抗する気もないのだろう。
Eを見上げたまま涙を流し続けている。
Eの拳が容赦なくDを攻撃する。
Dの口から血が流れ、歯が折れても殴ることをやめない。
突っ立っていたCがDの頭を思いっきり踏みつけた。
その衝撃で、Dの額が大きくくぼんだのがわかった。
頭蓋骨が陥没したのだ。
Dは大きく目を見開き、すぐにギョロリと白目をむいた。
自分の顔を守るようにガードしていた手は力を失い、涙もピタリと止まる。
つい先ほどまで5人いた男が、今はすでに3人になってしまった。
しかし、死体の数が増えれば増えるほど、客たちは沸き立つ。
拳を突き上げ「殺せ！　殺せ！」と、繰り返す。
「なんでこんなものを見なきゃいけないの……！」
夏子さんがそう言い、口に手を当てた。
その顔はさっきよりももっと青くなっていて、あたしは

慌てて夏子さんの背中をさすった。
　極度の緊張状態が続いていたためか、夏子さんはその場に嘔吐した。
　このままじゃ生き残る気力が失われてしまう。
「無理に見なくていいと思います」
　不意に、優也さんがそう言った。
　夏子さんが苦しそうにむせながら、優也さんのほうへ視線を移す。
「結果だけわかれば、きっと大丈夫」
「そうね……」
　夏子さんはそう言い、モニターを背にして座り直した。
　あたしもそうしたかったが、画面を見ていないと誰が勝ったのかわからない。
　そこで、気がついた。
　この映像、わざと音声を出していないんだ！
　スーツ男が現れたときはちゃんと音声が出ていたから、戦いの最中の音声だって拾えるはずだ。
　それをしないということは……ここにいる人たちに殺し合いの様子を確実に見せるための仕掛けだ……。
　あたしは奥歯を噛みしめた。
　どこまでも卑劣な奴らだ。
　たとえこの建物を出られたとしても、強烈なトラウマにさいなまれて生きていくことができなくなるかもしれないのに……。
　いや、むしろ〈mother〉側の人間からすれば、外へ出た

人間に自殺してもらったほうが身の安全が確保される。
　それなのにこんなゲームをして外へ出させるということはやっぱり……あたしたちを見ている客が、どこかにいる。
　このコロッセオの中にいる客たちと同じような人間どもが……。
「朱里ちゃん、大丈夫か？」
　優也さんにそう言われ、あたしはハッと我に返った。
　画面上ではCとEが殴り合いをはじめていて、BはCに加勢している状況だった。
「大丈夫だよ……」
　あたしは小さく息を吐き出してそう返事をした。
　優也さんはあたしの手を握り、小さな声で「きっと、キミは生き残る」と言ったのだ。
　あたしは驚いて優也さんを見た。
「どういう意味ですか？」
「俺は写真の投票のときにあることに気がついたんだ」
　優也さんが小さな声で言う。
　しかし、他のメンバーにもきっと聞こえているだろう。
　勲さんがチラチラとこちらを気にしはじめた。
「あの投票口、自分のところへ１枚入れたら投票口が閉まっただろ？」
「はい。そうですね」
　あたしは写真を入れたときのことを思い出していた。
　Aを除くすべての写真を入れることができず、あたしは絶望したのだ。

「でも、他の人の投票口はすべて開いていたんだ」
「え……？」
　あたしは目を見開く。
「自分の場所には1枚しか投票できない。だけど他人の投票口に写真を入れることはできた」
　優也さんの言葉にあたしは唖然としていた。
　勲さんも目を丸くし、「なんだと……」と、呟く。
「そしてスーツ男の話の中には1人を選べという内容のものはなかった。だから俺は自分の投票箱に1枚写真を入れたあと、試しに朱里ちゃんの投票箱に自分の持っていた写真を4枚入れてみたんだ」
「それで……どうなったんですか？」
「投票口は閉まらなかった。だから、残りのすべての写真を朱里ちゃんの投票箱に入れたんだ」
「なんだと!!」
　そう叫んだのは勲さんだった。
　勲さんは勢いよく優也さんに掴みかかり、体のバランスを崩した優也さんが尻餅をついた。
　優也さんは顔をしかめ、勲さんの体を引き離した。
「どうしてそれを俺に教えなかった!!」
「あんたは俺たちを騙そうとしてたじゃないか!!」
　優也さんが怒鳴り返す。
　たしかに、勲さんは最初から複数枚投票できるとわかっていながら、1人に投票をしたほうがいいと言っていた。
　それはつまり、あたしたちの誰かに死んでもらおうとし

ていたからだ。
「だから俺は勲さんには何も教えなかった」
「おい……ちょっと待ってくれよ……」

　怯えた様子で勲さんがあとずさりをする。

　あたしも、その理由にすぐに気がついた。

　『勲さんには教えなかった』ということは、他の2人は知っていたことになる。

　そして互いに協力し合って残りの写真をそれぞれの箱へ投じていたとしたら……勲さんの勝率だけ極めて低くなるわけだ。
「俺の写真の4枚は朱里ちゃんへ。夏子さんの残りの4枚は俺と昭代さんへ。昭代さんの残りの4枚は俺と夏子さんへ。つまり、どの投票箱にも5枚ずつ入っているということなんだ」

　説明を聞いていた勲さんの表情が引きつる。
「ただ、朱里ちゃんが最初に誰の写真を入れたのかがわからなかった。だから、俺の入れた4枚のうち1枚が朱里ちゃんの投票者と被っている可能性はある。他は、あらかじめ打ち合わせをしたとおりに投票していれば、AからEまですべての写真が入っていることになり、死者は出ない」

　あたしは優也さんの説明に、ただただ感心するばかりだった。

　もし、万が一優也さんが2番目の投票者でなければ、そのことに気がつくこともなかっただろう。

　こんな狭い室内でそれだけのことを瞬時に見極め、そし

て、まわりに気づかれることなく夏子さんと昭代さんを味方につけるなんて、天才だ。
「でも、どうして勲さんは優也さんたちの行動に気がつかなかったの？」
　あたしがそう聞くと、勲さんは小刻みに震えながら泣きそうな表情になった。
「そりゃ気がつかないよな。自分が考えたことがいちばんだと思って、自分は生き残れると思い込んで、油断していたんだから」
　優也さんが、勲さんの代わりにそう言った。
「くそ……ガキが!!　ナメやがって!!!」
　優也さんの態度に逆上した勲さんが、優也さんに掴みかかろうとしたそのときだった。
「決着がついたわよ!!」
　昭代さんのそんな声が聞こえてきて、全員の視線がモニターへと向かった。
　背を向けていた夏子さんも、恐る恐る振り返っている。
　画面上では血まみれになった男が、たった１人でコロッセオの中心に立っていた。
　彼の拳は変形していて、骨が折れているように見えた。
　そこまでしても、彼は殴り続けたんだ。
　そして、勝った……。
　彼は……Ｂだった。
　あたしはそれを見た瞬間、へなへなとその場に座り込んでしまった。

当たった……！
 そう思うと同時に勲さんが床に倒れ込み、激しく痙攣を起こしはじめた。
「キャア!!」
 昭代さんが悲鳴を上げて顔をそらす。
 ビクンッビクンッと背中をのけぞらせて口から泡を吹き、白目をむいて……動かなくなったのだった……。

裏切り

「自業自得だ」

　静けさの戻った部屋の中、そう言ったのは優也さんだった。

　電流で人の肌が焼けるニオイが充満する中、あたしはドアへと走った。

　早く。

　一刻も早くこの部屋から出たい。

　そう思い、ドアノブに手をかけてまわす。

　……が、ドアが開かないのだ。

「なんで!?」

　混乱し、ドアを押したり引いたりを繰り返す。

　しかし、ドアはビクともしない。

「どうしたんだ?」

　優也さんが眉を寄せてこちらへ近づいてくる。

　そのときだった。

　不意に、夏子さんが立ったままの状態で痙攣しはじめたのだ。

　もだえ苦しむように部屋中を逃げまわると、壁をバンバンと叩き、そして床に転げまわった。

　突然の出来事であたしは小さく悲鳴を上げ、優也さんの服を掴んだ。

「どうなってるんだ!?」

　優也さんもこの状況に唖然としている。

優也さんと夏子さんと昭代さんは、5人全員の写真を投票している。
　だから、死ぬはずがないのに……!!
　そのときだった。
　モニターは、コロッセオの会場からスーツ男へと切り替わった。
「いったいこれはどういうことだ!?」
　優也さんがスーツ男へ向かって怒鳴る。
　スーツ男は含み笑いを浮かべた状態で、右下に別の画面を表示させた。
　その枠の中には、ついさきほどまであたしたちが持っていた写真が表示されていた。
　それは投票後のもののようで、【10代】、【20代】と書かれた箱の中にカードが入れられている状態だった。
　それをパッと見た瞬間、あたしは何度も瞬きを繰り返した。
「これ、どういうこと？」
　あたしの箱に5枚。
　優也さんの箱に5枚。
　勲さんの箱に1枚。
　ここまでは話に聞いていたとおりだ。
　でも……。
　夏子さんと昭代さんの箱にはそれぞれ3枚ずつの写真しか入っていなかったのだ。
「なんだ、この投票結果は!?」
　優也さんが画面を食い入るように見つめる。

スーツの男はニヤリと笑い、右下の画面を消してしまった。
もう少しじっくり確認すれば、何かがわかりそうだったのに……。
「もしかして、誰かが俺の計画を裏切っていたのかもしれないな……」
「誰かって、どういう意味よ？」
そう言ったのは昭代さんだった。
優也さんの計画に乗ったのは昭代さんと夏子さん。
夏子さんが死んだということは、裏切り者は昭代さんということになる。
あたしと優也さんは昭代さんを見る。
「あ、あたしじゃないわよ!?　あたしはあんたに言われたとおりに投票したんだから！」
昭代さんは慌ててそう言った。
「どうして裏切る必要があるの？」
流されてはいけないと思い、あたしは優也さんへそう聞いた。
「次の部屋でも、誰か1人を脱落させなければいけないかもしれない。それなら、この部屋でもう1人犠牲を出したほうがいいって考え方もできるだろ」
優也さんが真剣な表情でそう言う。
たしかにそうかもしれない。
1つの部屋で2人が犠牲になれば、次の部屋で生き残る確率は上がる。
あたしは昭代さんを見た。

昭代さんはたじろき、あたしから視線を外した。
　裏切り者は……昭代さんで間違いないだろう。
　でも……。
　あたしの心には何か引っかかりを感じていた。
　何か重大なことを見落としている。
　この空間にいることで頭は混乱し、正常に考えることが難しくなっているのかもしれない。
　あたしは強く頭を振る。
　なんだろう？
　何が違うんだろう？
　わからない……。
　それがわかれば何かが変わるかもしれないのに、物事の矛盾点を探すことができないまま、あたしたちは部屋を出ることになったのだった……。

ルーム7

　ドアの外には相変わらずの通路が続いていた。
　見慣れた通路を3人で歩いていく。
　昭代さんは犯人扱いされたことを怒っているのか、ずんずん1人で進んでいってしまう。
「昭代さん、ゆっくり行きましょうよ」
　脱出を目的としている者同士が離れてしまうのが嫌で、あたしはそう声をかけた。
　しかし、昭代さんは振り向きもせず無言のまま歩いていく。
　あとを追いかけようとしたあたしの手を、優也さんが掴んで止めた。
「今はそっとしておこう。俺はやっぱりあの人が怪しいと思うんだ」
「でも……」
　あたしは不安になり、眉を下げた。
　さっき感じた違和感が徐々に大きくなっていく。
　もっと冷静になって考えるべきことがあるんじゃないか。
　そう思うのに、いくら考えても違和感の正体が掴めないまま、目の前に次のドアが現れた。
　だけど、さすがにドアを開けることまではせず、あたしたちが来るのを待っていた昭代さん。
「開けるわよ」
　そう言う昭代さんに、あたしと優也さんは同時に頷いた。

そして、昭代さんがドアノブに手をかけドアが開いた瞬間、昭代さんが何人も目の前に立っていてあたしと優也さんは思わずあとずさりをした。
　ドアの向こうの壁は天井まで届く鏡になっていて、床も鏡になっていたのだ。
　昭代さんが鏡に向かって手を伸ばせば、鏡の中の昭代さんも同じように手を伸ばす。
　さらにこの部屋は、迷路のような通路になっているのだ。
「この部屋でいったいどうしろっていうのかしら……」
　さすがに、鏡ばかりの部屋に足を踏み入れるのは勇気がいり、昭代さんはドアの前に立ったままそう呟いた。
「メモは何もないですか？」
　あたしは昭代さんの横から部屋の中を覗き込みながらそう聞いた。
「メモ？　あぁ、そうね、あるかもしれないわね」
　そう言い、昭代さんが恐る恐る部屋に足を踏み入れる。
「あ、あったわよ」
　迷路を入ってすぐ右側の鏡に貼りつけられていたメモを外して、それを読み上げた。
「【迷路で出会った者を１人殺せ】」
「やっぱり殺し合いをさせる気か……これはなんだ？」
　あたしのうしろから部屋に入ってきた優也さんが、床に置かれていた大きな箱を指さしてそう言った。
　あたしもその存在には気がついていたが、開けていいものかどうかわからなかったため触れずにいたのだ。

鏡の中に箱を開ける優也さんが映る。
　箱の中にあったのは……3つの銃だった。
　優也さんはその1丁を手に取り、ジッと見つめている。
　瞬間、あたしの脳裏は自分の額に銃口を当てている翔吾の姿を描き出した。
「それで……殺さなきゃいけないの？」
　あたしが震える声でそう聞くとほぼ同時に、昭代さんが動いていた。
　銃を1丁握りしめ、迷路の中を走って逃げていく。
　あっと思ったときにはもう遅く、そのうしろ姿は見えなくなっていた。
「朱里ちゃんも、ちゃんと持っていたほうがいい」
　そう言われ、あたしは頷いて銃を手に取った。
　昭代さんが全部の拳銃を奪っていなかったことに、ホッと安堵の息を漏らす。
　自分が疑われている状態だから、逃げることを先決したのだろう。
　拳銃はずっしりと重たくて、本当にこれを自分で扱うことができるのだろうかと、不安になる。
「鏡の迷路っていうのが問題だな。どこをどう進んでいるのかわからなくなる」
　周囲を見まわしても自分と優也さんの姿があるばかり。
　右か左かもわからなくなる空間だ。
「昭代さんは1人で行ってしまったけれど、俺たちははぐれないようにしよう」

そう言い、優也さんはあたしの手を握った。
　　あたしも、その手が離れないようにしっかりと握りしめる。
　　昭代さんはあたしたちを狙ってくるだろうか。
　　さっきの部屋で、優也さんと夏子さんを裏切ったように……。
　　あたしは手の中にある銃の感触を確かめた。
　　素人が片手で扱えるようなものじゃないことは、わかっている。
　　昭代さんなら、しっかりと構えた状態であたしたちが来るのを待っているだろう。
　　そんな昭代さんに出くわせば、きっとあたしたちは銃を構える暇もなくやられてしまう。
　　それでも、あたしたちは手を離さなかった。
　　鏡の迷路を、息を殺して進んでいく。
　　昭代さんはどこへ行ったのだろう？
　　ゆっくりと歩いていても、あっという間に方向感覚は失われる。
　　昭代さんはあまり動かずに、あたしたちがそばへ来るのを待っている可能性は高かった。
「出口はどこだ……」
　　優也さんが呟く。
「出口を探しているんですか？」
「もちろんだよ。昭代さんを探しても出口がどこにあるかわからなきゃ外へ出られないだろ」
　　てっきり、昭代さんを探しているのだと思ったあたしは

恥ずかしくなった。
　それと同時に、自分の中ですでに昭代さんを殺そうと思っているのだということが理解できて、怖くなった。
　そのときだった。
　優也さんが突然走り出したのだ。
「どうしたんですか？」
　あとについて走りながら聞く。
「出口だ！」
　前方を見ると、たしかにドアが見えた。
　周囲が鏡になっているため、正面にドアがあることさえちゃんと見ることができなくなっていたようだ。
　ドアの前に立つと、それが本物だということがわかる。
　思ったよりも早く出口が見つけられて、あたしはうれしくなる。
　案外、狭い部屋なのかもしれない。
「ここに印をつけておこう」
　優也さんはそう言い、自分の服についている血を鏡にこすりつけた。
　その血は向かい合った鏡によって何重にも重なって見える。
「ここに印をしたら、昭代さんにもバレちゃうんじゃないですか？」
「出口がバレたって問題にはならないよ。出られないんだから」
　その言葉に、あたしは頷いた。
　優也さんの言うとおりだ。

この部屋から出られるかどうか、まだわからない。
　　来た道を引き返しながら、あたしは鏡の通路に違和感を覚えた。
「優也さん、この通路ってこんなに狭かったっけ？」
　　たしか、ここへ入ってきたときは、横に３人が並ぶほどのスペースがあったはずだ。
　　でも今は、２人で歩くスペースしかない。
「……もしかしたら、通路自体が狭まっているのかもしれないな」
　　優也さんの言葉に、あたしは天井が迫ってきたときのことを思い出していた。
　　もしかしたら、あれと同じことが起こっているのかもしれない。
　　この部屋にもタイムリミットがあるということだ。
「昭代さんを見つけて殺害し、出口まで向かう……そんな時間、あるんですか？」
　　そう聞くと、優也さんはチラリとあたしを見て視線を前へと移動させた。
　『殺害』という言葉がよくなかったのだろうかと思い、口を閉じる。
「昭代さんはさっきのメンバーの中でいちばんふくよかだった。そしてこの迷路は徐々に狭くなっている。それを考えると、見つけるのは案外簡単かもしれないよ」
「え？」
　　予想外の答えに、あたしはキョトンとして優也さんを見た。

すると、優也さんは立ち止まって隣の鏡を指さした。
　そこにはかすかにだけれど、人の血のようなものがこすれてついているのがわかった。
「俺たちはまだ2人で並んで進めるけれど、昭代さんには1人で通るのが限界になっているんだろうな。だから昭代さんの服についていた血が、鏡についているんだ」
「本当だ……」
　あたしは呟くようにそう言った。
　当てずっぽうで歩いていたわけではなかったのだ。
　優也さんの冷静な分析力には、感心させられる。
　血のこすれ方から見て、この先に昭代さんがいる可能性は高い。
「ここからは、俺が先に行く」
　そう言い優也さんがあたしの手を離し、両手で拳銃を握りしめた。
　あたしは小さく頷き、同じように拳銃を握りしめる。
　手のひらは汗でグッショリと濡れていて、今にも拳銃を滑り落としてしまいそうだ。
「行こう」
　優也さんの言葉に、あたしは「うん」と、強く頷いたのだった。

　迷路の通路は、さっきよりもスピードを上げて狭くなっているようだった。
　今ではあたしたちが2人で並ぶ広さもない。

このままじゃ、みんな押し潰されて死んでしまう。
　そんな不安が胸をよぎった。
　そのときだった。
　角を右へと曲がった瞬間、優也さんが足を止めたのだ。
「どうしたんですか!?」
　そう聞きながら優也さんの肩越しに先を見る。
　するとその先は行き止まりになっているようで、壁の手前に昭代さんの姿があった。
　昭代さんの体は両方の壁に押され、相当な力を入れなければ歩けないような状態だ。
　だが、その手にはしっかりと拳銃が握られていて、銃口は優也さんに向けられている。
「優也さん!!」
　あたしは優也さんの背中を押す。
「……大丈夫だ」
　その言葉にあたしは「え?」と、首をかしげる。
　しかし、昭代さんをよく見てみると顔は真っ青になり、立ったまま白目をむいているのだ。
「壁に押されて呼吸が止まっているのかもしれない」
　そう言いながら、優也さんはゆっくりと昭代さんへ近づいていく。
　発砲されないにしても、危険すぎる。
　優也さんを止めようとしたとき、優也さんはスッと手を伸ばして昭代さんの首に触れたのだ。
　その行為にどんな意味があるのかわからなくて、あたし

は戸惑う。
「大丈夫、まだ生きてる」
「じゃ、じゃあ今のうちに……！」
　そう言った瞬間、自分の発言に身震いをした。
『じゃぁ今のうちに殺してしまおう』
　そう言おうとしたのだ。
「あぁ」
　優也さんは何も反応を見せず、冷静に頷いた。
　そして、あたしがいる場所まで戻り、間合いを取った。
　昭代さんへ、まっすぐ銃口を向ける。
「耳を塞いで！」
「は、はい！」
　あたしは両手で耳を塞ぎ、そしてきつく目を閉じた。
　そして次の瞬間……「バン!!」と大きな音が鳴り響き、周囲の鏡が振動によって粉々に砕け散った。
「きゃあ！」
　あたしは思わず悲鳴を上げ、その場にしゃがみ込む。
「大丈夫か？」
　すぐに優也さんの手が伸びてきて、立ち上がらせてくれた。
　床には鏡の破片が無数に散らばり、優也さんの向こうには血に染まった昭代さんと、血だまりが見えた。
「見るな！　早く、出口へ急ごう」
　優也さんにそう言われ、あたしは震える足を引きずるようにしてなんとか歩き出したのだった……。

狭くなる通路から逃げるように部屋の外へ出ると、また灰色の通路が続いていた。
　さっきの部屋から3人も亡くなってしまったのに、まだゲームは続いていくのかもしれない。
　そうなれば、今度の部屋ではあたしと優也さんが戦うことになる……。
　あたしは自分の手をギュッと握りしめた。
　もう大丈夫だと思っていたけれど、やはり体は恐怖で震えているのがわかった。
「俺がついているから、きっと大丈夫だよ」
　優也さんがそう言い、あたしの手を握りしめた。
　その手のぬくもりは翔吾とは違っていたけど、とても優しいものだった。
「優也さんは、どうしてあたしに優しくするんですか？」
「え？　なんで？」
　優也さんがキョトンとした表情であたしを見る。
「だって……さっきだって4枚の写真を全部あたしの箱に入れてくれたし……」
　そう言いながら、胸の奥の違和感が大きくなるのを感じた。
　引き出しの中に作られた投票箱が思い出される。
　優也さんは自分の箱に1枚と、あたしの箱に4枚。
　計5枚を投票。
　この時点であたしの投票箱には写真が5枚。
　優也さんの投票箱には写真は1枚。
　次に夏子さん。

夏子さんはまず自分の箱に1枚。
　　そして、昭代さんと優也さんの投票箱に2枚ずつ。
　　計5枚を投票。
　　この時点で夏子さんの投票箱には1枚。
　　優也さんの投票箱には3枚。
　　昭代さんの投票箱には2枚。
　　次に……。
「一目ぼれしたのかもしれないな」
　　優也さんの言葉に、あたしの頭は真っ白になった。
「へ？」
　　思わず立ち止まり、優也さんを見上げる。
　　優也さんは白い肌を赤く染めて頭をかいた。
「こんな場所でこんなこと言うのはおかしいかもしれないけれど、でも、きっと朱里ちゃんに一目ぼれをしたんだ、俺。だから、死んでほしくないと思っているのかもしれない」
　　照れながらそんなことを言う優也さんに、あたしは一瞬にして赤面してしまった。
　　さっきまでの恐怖はどこかへ吹っ飛び、今は心臓がドキドキしている。
　　一目ぼれなんて言われたことは、生まれてはじめてだ。
「そんな……」
　　どうしていいかわからず、あたしは優也さんから視線を離して床を見た。
　　灰色の、死の部屋へとあたしたちを導いていた通路が、ほんの少し違った色に見えた。

「あ、でも気にしないでね？　次の部屋で俺は死ぬかもしれない。そう思うと、ちゃんと伝えたいなって思っただけだから」
「死ぬなんて、そんな……！」
「外へ出るのは、キミがいちばんふさわしいと俺は思ってるんだ」
「どうしてですか!?」
　年代別のメンバーになってから、互いにどうしてここへ連れてこられたのか、という話はしていない。
　あたしが下位レッテルを貼られた理由を、優也さんは知らないのに。
「なんとなく、男の勘ってやつかな」
　優也さんはそう言いながらゆっくりと歩きはじめた。
　あたしはそれについていく。
「朱里ちゃんは、他の奴らとは違うと感じたんだ。この子はこんな場所へ来るべき子じゃないってね」
　そう言い、ほほえむ。
　その言葉にあたしの目には自然と涙が浮かんできていた。
　何も知らない優也さんにそんなふうに言ってもらえたことがうれしくて、今まで我慢していたものが溢れ出す。
「あ……たし……」
　震える口が、ここへ来た経緯を話しはじめた。
　ここへ来るべき人間じゃなかったのは、翔吾も同じだった。
　それなのに、翔吾はこんな建物の中で死んでいった。
　冷たい部屋の、冷たい床の上で……。

翔吾の死に顔を思い出し、涙がさらに溢れ出した。
「そうか。辛かったね」
　話し終えると、優也さんがあたしの頭を優しく撫でてくれた。
「ごめんなさい……こんな重たい話をしちゃって」
　気持ちが少し落ちついてからそう言うと、優也さんはニコリと笑って「大丈夫だよ」と言ってくれた。
　優也さんがいなければ、あたしはここまで来ることができなかっただろう。
　あの部屋で写真を選んで投票したBが勝ったのはただのまぐれだし、互いに複数投票し合うなんて思いつきもしなかった。
　鏡の部屋で昭代さんを撃つことだって、きっとできなかっただろう。
「次のドアだ」
　優也さんが不意に立ち止まった。
　視線を前へと戻すと、いつの間にか次のドアが現れていてあたしの心臓はギュッと締めつけられた。
　このドアの向こうには何が待っているのだろう？
　今までのことを思い出せば、次の部屋であたしは優也さんと殺し合うことになる……。
「嫌だよ……」
　ドアを開けようとする優也さんへ向かって、あたしは言った。
「え？」

「そのドアを開けたって、きっと外には通じてない！」
　あたしは優也さんの手を握りしめてそう言った。
「朱里ちゃん……」
「だから……開けなくていいよ」
　あたしは精いっぱいの笑顔でそう言った。
　また翔吾と同じように大切な人が、あたしの目の前で死んでしまうかもしれない。
　そう思うと、体の芯から凍てつくようだった。
「朱里ちゃん！」
　優也さんはドアノブにかけていた手を離し、あたしの体を強く抱きしめた。
「怖いのは、俺も同じだ……」
「優也さん……」
「でも、行かなきゃいけない。このドアを開けなきゃ、前には進めない」
　優也さんはそう言い、あたしの体をそっと離した。
　が、すぐに優也さんの顔が近づいてきた。
　あたしは目を閉じる暇もなく唇を奪われていた。
「優也さん……？」
　突然の出来事で瞬きを繰り返すあたし。
　キスは初めてじゃないけれど、翔吾以外の人としたことは一度もない。
「ごめん……つい……」
　優也さんはビックリしているあたしを見て、申し訳なさそうにそう言った。

「……いいんです」

頬を染め、あたしはそう言っていた。

正直、優也さんのことが好きかどうかなんて、まだわからない。

でも、こんな場所に連れてこられて一緒に命がけの戦いをしてきた仲間として、好きだと言うことはできた。

「朱里ちゃん……。もし2人でここから出ることができたら……その……」

途中で口ごもり、あたしから視線をそらす優也さん。

その態度だけであたしには十分に伝わってきた。

「もちろんです」

あたしは優也さんが告白をする前にそう返事をしていた。

「え、いいの!?」

今度は優也さんが目を見開いて驚いている。

その様子がおかしくて、あたしは笑っていた。

とても久しぶりに声を出して笑った気がする。

「2人で外へ出られたなら。なんて、すごく素敵だから」

生き残るのはどちらか1人だけ。

外へ出られるのは、生き残った1人だけ。

そうじゃない考え方ができる優也さんは、とても素敵な人だ。

「そっか……ありがとう朱里ちゃん」

あたしは小さく頷く。

そして、2人で次の部屋へと続いているドアノブに手をかけたのだった……。

ルーム8

　部屋を開けた瞬間、真っ暗な空間が広がっていた。
　部屋の広さは10畳ほどで、その中心には真っ黒な1人用のソファ。
　そしてそのソファに座っていたのは……モニターで見たスーツの男だったのだ。
「お前っ……」
　優也さんが拳を握りしめるのがわかった。
　あたしは、そんな優也さんの腕を掴んで制止した。
　これからこの部屋で何が起こるのか、まだ何もわからない状況だ。
　感情だけで先走ると、きっと失敗する。
　あたしだってこのスーツ男を殴ってやりたいけれど、我慢しなければいけない。
「次は何をする気？」
　スーツ男を睨みつけながらそう言うと、男はソファから立ち上がって拍手をはじめたのだ。
「まさかこの部屋までたどりつく人間が、2人もいるとは思っていなかったよ」
　スーツ男の声にハッとする。
　最初に連れていかれた《奴隷部屋》で聞いた、あのスピーカーの声と同じ声だ。
「さて、『次は何をするのか』ということに関しての答えだ

が……何もない」
　スーツ男の言葉に、あたしと優也さんは顔を見合わせた。
「何もないって、どういう意味だよ!?」
「そのとおりの意味だよ。キミたちのようにしぶとい人間がいるとは思っていなくて、部屋の数が足りないんだ。つまり……キミたちはここから出る以外に道はないということだ」
　スーツ男はそう言い、ヒョイッと肩をすくめて見せた。
「外へ……出られるの!?」
「そういうことだ。あのドアからな」
　スーツ男の指さすほうへ視線を移動させると、そこには今まで見てきたのと変わらないドアがあった。
　あのドアの向こう側は、もう外へ通じているということだ。
「本当なのかよ……?」
　優也さんはまだ疑っている。
　ここまで壮大な建物を用意しておいて、2人が一緒に出られるなんてまだ信じられないみたいだ。
　でも、今まさに優也さんの言った言葉が現実のものになろうとしている。
　2人で外へ出よう。
　その、素敵な考えが。
「本当だ。試しにドアを開けてみるといい」
　そう言われ、あたしと優也さんはまた目を見かわした。
　ドアを開けようとした瞬間、電流を流された雷のことが思い出される。

「俺が、行く」
「気をつけて!」
　何かの罠かもしれない。
　スーツ男の言葉に従って行動すると、死んでしまうかもしれない。
　そんな恐怖がゾワゾワと体の内側を這い上がってくる。
　優也さんがドアの前に立ち、そのドアノブに手をかけた。
　そして、次の瞬間……。
　青色の空が見えた。
「う……そ……」
　あたしは思わず呟いていた。
　ドアの外には風が吹いていて、見慣れた〈mother〉の街並みが見える。
　ここは建物の裏口なのか、銀色のフェンスで囲いがされているものの、その向こうには足早に歩いていくサラリーマンの姿も見えた。
　日常が、そこにあった。
　手を伸ばせば届く距離。
「外だ……」
　優也さんがそう言い、笑みをこぼした。
「外だよ!　優也さん!」
　あたしは思わず優也さんの肩を何度も叩いていた。
　うれしくてその場で飛び跳ねる。
「その前にキミたちは、自分の姿を見なさい」
　スーツ男にそう言われ、あたしは自分の体を見下ろした。

当然ながら、まだ血まみれの状態だ。
　誰の血かもわからなくなったそれは、乾いてへばりついている。
　血は一度染み込んだらなかなか落ちない。
　あたしは汚れを指でこすってみたけれど、それだけじゃ落ちなかった。
「我々はキミたちが外へ出るために服を用意した。ソファのうしろにまわってみろ」
　そう言われ、あたしたちは言われたとおりにソファのうしろへとまわった。
　床には、丁寧に畳まれた男性物と女性物のサマーセーターが置かれていた。
「これを着ろってこと？」
　あたしは女性物のほうを手に取る。
　真っ黒なセーターはワンピース型になっていて、これ１枚で着られるようだ。
　首はハイネックになっている。
　見るからに暑苦しい格好に思わず顔をしかめた。
「俺はセーターにジーンズだ」
　優也さんのほうは黒いハイネックのサマーセーターに、黒いジーンズの組み合わせ。
　こちらも外へ出ると、とても暑そうに見える。
「白い服を用意できなかったのは、キミたちの肌にも血がしみついているからだ」
「あたしたちの肌に……？」

首をかしげるあたしに対して、優也さんが自分のＴシャツをめくり上げて見せた。
　見た目よりも筋肉がついて男らしい肉体があらわになり、ドキッとする。
　しかし、その肌には染み込んだ血が服と同じようについているのがわかった。
　夏服は生地が薄いから、こういう欠点があると、元々わかっていたのだろう。
　用意周到に準備されている服に嫌悪感を覚える。
　〈mother〉の中で何度も何度も繰り返し、このようなゲームが行われてきていた。
　という証拠だ。
「俺はついでに着替えるから」
　優也さんはそう言い、めくり上げたＴシャツをそのまま脱いだ。
　思わずうしろを向き、キュッと目をつむる。
　男性の裸を目の前で見たことはまだ一度もなかった。
　翔吾の体でさえ、見たことがない。
　それがこんな場所で優也さんの裸を見ることになるなんて、思ってもいなかった。
　うしろから服を着る音が聞こえてくる。
　ただそれだけで、あたしの心臓は速く鳴った。
「着替えたよ」
　そう言われて振り返ると、全身黒になった優也さんが少ししかめっ面をして立っていた。

「このサマーセーターすごく暑いよ。でも、着てみたらどうしてこの服なのかがわかった」
「どういうこと？」
　首をかしげてそう聞くと、優也さんは自分の首を指さして見せた。
「ハイネックのセーターだと首輪がしっかり隠れるんだ」
「そのとおりだ。こちらも適当にセーターを選んでいるわけじゃない」
　スーツ男がそう言った。
　あたしはその展開に目をパチクリさせた。
「ちょ、ちょっと待ってよ。この首輪は外れないの!?」
　スーツ男にそう聞くと、ようやく優也さんもそのことに気がついた様子だ。
「本当だ。外へ出るなら首輪を外すべきだ」
「キミたち。僕は外へ出られると言ったが首輪を外すとは一度も言ってないぞ？」
　スーツ男が楽しげにそう言う。
　嫌な予感が胸の中を渦巻いている。
　これで終わりじゃない。
　ここまで来たのに、まだ終わりじゃないんだ!!
　グッと奥歯を噛みしめ、拳を握りしめた。
「外へ出た瞬間から、キミたちには次のゲームに取りかかってもらう」
「また、ゲームかよ……」
　優也さんがスーツ男を睨みつけた。

もう、人が次々と死んでいくような残酷なゲームはたくさんだ。
「ルールは外へ出たあと説明しよう。まずは着替えなさい」
　スーツ男があたしへ向けてそう言う。
　あたしは服に手を伸ばし、そして手を止めた。
「女性が着替えるのよ？　出ていってよ」
　優也さんにではなく、スーツ男に向かってそう言う。
　しかし、スーツ男は楽しそうに笑っているだけで、部屋を出ていこうとしない。
「おい、朱里ちゃんが着替えられないだろ!?」
　優也さんが言う。
「まぁまぁ。ここまでキミたちのすべてを見せてもらっていたんだ。着替えくらいどうってことはないだろう？」
　口角を上げ、いやらしい笑みに変わるスーツの男。
「この野郎！　人をバカにしやがって!!」
　優也さんが怒鳴り声を上げ、スーツ男に殴りかかった。
　しかし、男に拳は当たらず体のバランスを崩した優也さんはソファに手をついた。
「なっ……!?」
　男の体をすり抜けた優也さんに目を見開くあたし。
　そして、ようやく気がついたのだ。
　この男は、今ここにはいないのだということに。
「３D映像か……」
　優也さんが呟き、あたしは頷く。
　しかも、ものすごく鮮明で高度なものだ。

今まで映画などで見てきたものなど、比にならない。
「くそ！　この野郎を直接殴ることができないなんて！」
「優也さん、ありがとう。あたしは大丈夫だから」
　あたしは優也さんの背中をそっとさすった。
　怒りたいのはあたしも同じだけれど、相手は映像だ。
　あたしたちの前に直接姿を見せる気なんて、最初からなかったのだろう。
　あたしはそっと着替えを手に取った。
　相手がどこから見ているのかわからないが、なるべく壁に身を近づけて服を脱ぐ。
　そうしていると、優也さんがあたしの体を隠すように立ってくれた。
　前には壁。
　うしろにはあたしに背を向けて立つ優也さん。
　そんな状態だ。
「……ありがとう」
　とても近い距離に、自分の頬がカッと熱くなるのを感じる。
　あたしが体を動かすたびに、ぶつかりそうになる。
　外へ出れば次のゲームが待っている。
　そうわかっているのに、２人で外へ出られる喜びを感じていたのだった……。

7daysミッション

　なんとか着替えを終えたあたしは、優也さんと手を繋ぎ、外へと続くドアの前に立っていた。
「いよいよだな」
　優也さんが緊張した様子でそう言う。
　あたしも、緊張していた。
　これから何が起こるのか。
　あたしは自分の首にそっと触れた。
　セーターの下に感じる金属の冷たさ。
　これがついている限り、命を握られている状態にあるのだ。
　外へ出ても、それを決して忘れてはいけない。
　さらに、体内にあるチップがあたしのことをしっかりと監視しているのだから。
「行こう」
　あたしは言った。
「あぁ」
　優也さんは頷く。
　そして、あたしたちは同時に外への第一歩を踏み出したのだった……。

　手を伸ばせば日常生活が目の前にある。
　それなのに、その手前には金網が張り巡らされていた。
　あたしと優也さんは、無言のまま〈mother〉の敷地内を

歩いていた。
　こうして歩いていると外周もかなりの広さがある。
　けれどそのどこもちゃんと手入れがされていて、プランターにたくさんの花が咲いている。
　それはまるでこの建物の内部で行われている汚いものを覆い隠しているようにも見えて、吐き気がした。
「出口はどこだろうな」
「わからない」
　あたしは周囲を見まわして首を振る。
　そのときだった。
　向こうから1人のスーツの男が歩いてくるのが見えて、あたしたちは足を止めた。
　一瞬、映像の男かと思ったが違う人物だった。
　でも、〈mother〉の人間であることに間違いはないだろう。
　男はあたしたちの前まで来ると、茶色い封筒を突きつけてきた。
「なんだよ、これ」
　受け取らずに優也さんがそう聞く。
　しかし、男は返事をしない。
　封筒は、あたしたちの前に差し出されたままだ。
　無言のままの男に優也さんは軽くため息をついて、封筒を乱暴に奪い取った。
　それを見計らったように、男は口を開く。
「これから7日間で、代理の奴隷を5人用意してもらう」
「は……？」

優也さんが目を丸くする。
　あたしも何度も瞬きを繰り返した。
「代理の奴隷っていったいどういう意味だよ？」
「お前たちが脱出した分の代わりのことだ」
　何……それ……。
　あたしは唖然として男を見つめた。
　あたしたちの代わりに5人を犠牲にしろ、と言っているのだ。
　あたしはギリッと奥歯を噛みしめて男を睨みつけた。
　コロッセオの中で死んでいった人たちのことを思い出す。
　奴隷になれば毎日あんな戦いをさせられるのだ。
　その代理を探す？
　バカにするにもほどがある!!
「そんなこと……できるわけないでしょ!!」
「お前たちの意見など関係ない」
　その言葉に、あたしはグッと言葉をのみ込んだ。
　せっかくここまで来たのに、それを台無しにすることなんてできない。
　あたし1人ならともかく、あたしを助けてくれた優也さんも一緒なのだ。
「奴隷になる相手には、その封筒の中のチケットをちゃんと自分の手で渡すこと。そして奴隷になってくれと伝えること」
　男は淡々と説明を続ける。
「相手は誰でもいい。友人、家族、恋人。嫌いな相手でも、

殺したい相手でも。今日から7日後にここ、〈mother〉へ5人連れてこられたらゲームは終了だ」
「もし……それができなかったら？」
　優也さんが聞く。
　男はニヤリと笑い、指で銃の形を作るとそれをあたしたちへと向けた。
「バァン……」
　男はそう言い、高らかに笑ったのだった……。

3章

7 daysゲーム

　あたしと優也さんはスーツの男から受け取った封筒を持ち、〈mother〉の敷地内から外へ出た。
　その場で立ち止まり、大きく深呼吸を繰り返す。
　血生臭さのない外の空気を吸うのが、何日ぶりかのように感じられる。
　だけど、あたしたちがやらなきゃいけないことが終わったわけではない。
　次のゲームをクリアしなければ、この首輪は外れない。
　あたしと優也さんは手を握り直した。
　この建物から脱出した者同士、絆は強く結ばれている。
　そんな気がする。
「とにかく、これから作戦会議に移ろう」
「うん」
　あたしは優也さんの言葉に頷いた。
　〈mother〉の中でも状況を冷静に判断し、一緒に生き残る方法を探してくれた優也さんは頼りになる。
　あたしは優也さんに手を引かれるまま歩き出した。
　〈mother〉の見慣れた風景が、くすんだ灰色に見える。
　花も木も人々の笑い声さえ、全部作り物に見えてしまう。
　そんな街中を歩いていると、不意にチャリンと何かがコンクリートの上に落ちる音がして優也さんは立ち止まった。
　うしろを振り向いてみると、優也さんの足元に小さな銀

愛読者カード

お買い上げいただき、ありがとうございました！
今後の編集の参考にさせていただきますので、
下記の設問にお答えいただければ幸いです。よろしくお願いいたします。

**本書のタイトル（　　　　　　　　　　　　　　　　　　　　　　　　　　　　　**

ご購入の理由は？　1. 内容に興味がある　2. タイトルにひかれた　3. カバー（装丁）が好き　4. 帯（表紙に巻いてある言葉）にひかれた　5. 本の巻末広告を見て　6. ケータイ小説サイト「野いちご」を見て　7. 友達からの口コミ　8. 雑誌・紹介記事をみて　9. 本でしか読めない番外編や追加エピソードがある　10. 著者のファンだから　11. あらすじを見て　12. その他（　　　　　　　　　　　　　　　　　　　　　　　　　　）

本書を読んだ感想は？　1. とても満足　2. 満足　3. ふつう　4. 不満

本書の作品をケータイ小説サイト「野いちご」で読んだことがありますか？
1. 読んだ　2. 途中まで読んだ　3. 読んだことがない　4.「野いちご」を知らない

上の質問で、1または2と答えた人に質問です。「野いちご」で読んだことのある作品を、本でもご購入された理由は？　1. また読み返したいから　2. いつでも読めるように手元においておきたいから　3. カバー（装丁）が良かったから　4. 著者のファンだから　5. その他（　　　　　　　　　　　　　　　　　　　　　　　　　　　　　　　　）

1カ月に何冊くらいケータイ小説を本で買いますか？　1. 1～2冊買う　2. 3冊以上買う　3. 不定期で時々買う　4. 昔はよく買っていたが今はめったに買わない　5. 今回はじめて買った

本を選ぶときに参考にするものは？　1. 友達からの口コミ　2. 書店で見て　3. ホームページ　4. 雑誌　5. テレビ　6. その他（　　　　　　　　　　　　　　　　　　　　）

スマホ、ケータイは持ってますか？
1. スマホを持っている　2. ガラケーを持っている　3. 持っていない

学校で朝読書の時間はありますか？　1. ある　2. 今年からなくなった　3. 昔はあった　4. ない

ご意見・ご感想をお聞かせください。

文庫化希望の作品があったら教えて下さい。

学校や生活の中で、興味関心のあること、悩みごとなどあれば、教えてください。

いただいたご意見を本の帯または新聞・雑誌・インターネット等の広告に使用させていただいてもよろしいですか？　1. よい　2. 匿名ならOK　3. 不可

　　　　　　　　　　　　　　　　　　　ご協力、ありがとうございました！

郵便はがき

お手数ですが切手をおはりください。

１０４－００３１

東京都中央区京橋1-3-1
八重洲口大栄ビル7階

スターツ出版（株）　書籍編集部
愛読者アンケート係

(フリガナ)
氏　名

住　所　〒

TEL　　　　　　　　　　　　携帯／PHS

E-Mailアドレス

年齢　　　　　　　　　　　　性別

職業
1. 学生（小・中・高・大学(院)・専門学校）　　2. 会社員・公務員
3. 会社・団体役員　　4. パート・アルバイト　　5. 自営業
6. 自由業（　　　　　　　　　　　　　　）　7. 主婦　　8. 無職
9. その他（　　　　　　　　　　　　　　　　　　　　　　　　　）

今後、小社から新刊等の各種ご案内やアンケートのお願いをお送りしてもよろしいですか？
1. はい　　2. いいえ　　3. すでに届いている

※お手数ですが裏面もご記入ください。

お客様の情報を統計調査データとして使用するために利用させていただきます。
また頂いた個人情報に弊社からのお知らせをお送りさせて頂く場合があります。
　　　　個人情報保護管理責任者:スターツ出版株式会社 販売部 部長
　　　　　　　　　　連絡先:TEL 03-6202-0311

色の鍵が落ちていた。
　優也さんのズボンのポケットから落ちたのだろう。
「優也さん、これ……」
　あたしは鍵を拾い上げ、優也さんに渡した。
「なんだ？　この鍵……」
　優也さんは怪訝そうな表情を浮かべる。
　あたしたちが着ている服は〈mother〉が準備したものなので、この鍵は優也さんの私物ではないことは明白だった。
　〈mother〉の連中が、あらかじめ優也さんの服に入れておいたのだろう。
　だけど、その小ささから優也さんは今まで気がつかなかったようだ。
　銀色の鍵には白いプレートがついていて、それには【123】という番号が書かれていた。
「ロッカーの鍵かな？」
　優也さんは首をかしげながらもそう言った。
「そうかもしれない」
　あたしは優也さんを見て頷く。
　このあたりでロッカーがある場所といえば、駅か大型スーパーくらいなものだ。
　でも、スーパーのロッカーは123台も設置されていない。
　ということは、駅のロッカーしか考えられなかった。
　あたしたちは目を見かわし、そして頷き合った。
「いったん駅へ向かおう」
　優也さんはそう言い、鍵を握りしめたのだった。

駅にはたくさんの人たちでひしめき合っていて、とても賑やかだ。

〈mother〉はその都市の名前の珍しさと、特産品の多さから週末には大勢の観光客で賑わう。

人口10万人ほどの街にふさわしくないほど大きな駅には、10分おきに各地からの電車や新幹線が到着する。

人々の間を縫うようにしてまっすぐロッカーへと向かうが、時々すれ違うスーツ姿の男性をどうしても目で追ってしまっていた。

そのたびに、サラリーマンたちは怪訝そうな表情を浮かべた。

子ども連れの女性を追い抜き、大道芸人のショーを横目に見て通りすぎたとき、広いロッカースペースが現れた。

あたしと優也さんは再び札番号を確認し、歩き出す。

ロッカースペースにもたくさんの人はいるものの、まるで線引きをされているように静かになる。

照明も少し暗くなっていて、あたしたちの歩調は自然と速くなっていた。

そして……「ここだ」と、1つのロッカーの前で優也さんが立ち止まった。

灰色の大きなロッカーには【123】の数字。

優也さんが鍵穴に鍵を近づける。

スッと……なんの抵抗もなく、鍵がささった。

あたしは思わず優也さんの服の袖を掴んでいた。

この中に何があるのか。

不安が大きく膨れ上がっていく。
でも、開けないわけにはいかない。
優也さんがゴクリと唾を飲み込む音が聞こえてきた。
優也さんも緊張しているんだ。
ギィ……小さく音を立てて扉が開かれると……その中に見覚えのあるカバンが入っていたのだ。
薄いピンク色をした布バッグには、クマのストラップがついている。
それは間違いなく、あたしがこの前まで使っていた物。
「これ、俺のだ……」
優也さんがそう言い、あたしのバッグの横にあった男物のショルダーバッグを手に取った。
「これはあたしのです」
あたしはそう言い、自分のバッグをロッカーから出した。
互いに中身を確認してみると、最後に使用したままの状態であることがわかった。
「俺たちを誘拐したときに、荷物は別で保管していたんだろうな」
あたしは頷き、バッグを胸の前でギュッと抱きしめた。
翔吾と一緒に心中しようとしたとき、あたしはこのバッグを持っていた。
丘の上で一緒に睡眠薬を大量に飲んで……。
思い出して、ジワリと涙が浮かんできた。
このバッグの中には、そのときに書いておいた遺書が入っている。

「どうしたの？」
　涙が浮かんでいることに気がついた優也さんが、驚いた顔であたしを覗き込む。
　あたしはブンブンと左右に首を振った。
　そして、無理やり笑顔を作る。
「な、なんでもないです！」
「でもすごく辛そうだよ」
「……彼氏のことを……思い出して……」
　そう言うと、優也さんは眉をて何か言おうとして口を開くが、何も言わないまま口を閉じた。
　しかし次の瞬間、あたしは抱きしめられていたのだ。
「……辛いよな……」
　驚く間もなく、優也さんが耳元で小さくそう言う。
　自分のことじゃないのに、まるで自分のことのように苦しげな声で。
「俺じゃ彼氏の代わりにはならないかもしれないけれど……でも、俺は朱里ちゃんを１人にしたりしないから」
　優しい言葉がジワリと心の中に広がっていく。
　そして、体を包み込む優也さんのぬくもり。
　だから、余計に涙が出てきて止まらなくなってしまった。
「優也さん……」
「何？」
「あたし、このゲーム必ず成功させたいです」
　あたしの言葉に優也さんがスッと身を離した。
　その顔には驚きの表情が浮かんでいる。

「翔吾のためにも、死んでいったみんなのためにも、絶対に成功させたいです!」
「あぁ。必ず成功させよう」
 優也さんはそう言い、しっかりと頷いてくれたのだった。

計画

　あたしと優也さんは、荷物を持って近くのファミレスに来ていた。
　できるだけ目立たない、壁際の席に向かい合って座っている。
　ついさっき届いたアイスコーヒーの氷が少し溶けて、カランッと涼しげな音を鳴らした。
　バッグにちゃんと入れられていたスマホで日付を確認すると、あたしと翔吾が心中未遂をした日から1日しか経過していなくて、あたしは驚いた。
　あたしと翔吾は心中に失敗したのではなく、死ぬ前に発見されて、すぐに《奴隷部屋》に連れていかれたということだった。
　どうして、あたしたちの心中に気がついたのか？
　理由は1つしかなかった。
　体内のチップですべて把握していたのだ。
　あたしと翔吾が心中を考えはじめたことも、全部知っていて誰も助けにこなかったのだ。
　奴らはあたしたちを奴隷にするために、わざと心中未遂をさせたに違いない。
　きっと、最初から踊らされていたのだ。
　悔しくて下唇を噛んだ。
　一方の優也さんは、自宅にいたところを急にうしろから

誰かに押さえつけられ、そのままアイマスクをつけられて車に押し込まれたそうだ。
　そして、口と鼻を覆うようにハンカチを押しつけられたと思った瞬間、意識を失ったのだと教えてくれた。
　〈mother〉の大胆な手口に唖然とする一方、どうしてこのようなことが世間に知れ渡らないのだろうと思う。
　きっと、家族が帰ってこなくてもいいような小細工までしているのだ。
　《奴隷部屋》には、綿密に計画されて誘拐されてきた人が集まっている。
「で、これからどうするかだな」
　コーヒーを一口飲んでようやく落ちついた優也さんがそう言った。
「5人、集めないといけないんですよね……」
　スーツの男は、相手は誰でもいいと言った。
　選択肢は人間の数だけあるということだ。
　だから、逆に難しさを感じた。
　奴隷になっていいような人なんて、そう簡単に見つけることができるとは思えない。
　雷や桃乃みたいな人間が目の前にいれば迷うことなく奴隷としてふさわしいと判断したと思うけど、あいつらはすでに殺されている。
「じつは……少し言いづらいことなんだけど……」
　優也さんが軽く咳払いをしてそう言った。
「なんですか？」

「俺はワケあって無職なんだ。だから、人脈がない」
　申し訳なさそうにそう言う優也さん。
「そうだったんですか!?」
　顔もスタイルもいいし、人を引っ張っていく力もある優也さんが無職とは思えなくて、あたしは驚いた。
「ごめんね。生まれつき視力にハンデがあって……あ、今は手術をしたおかげで、ずいぶんとよく見えるようにはなっているよ。でも、ハンデや手術のせいでなかなか職につけないんだ」
「……わかります」
　あたしは大きく頷いた。
　ハンディキャップについては右足を切断したことで、将来を悲観していた翔吾を見ていて、よく理解しているつもりだった。
　そして、それは本人にとって大きな心のストレスになっているということも。
　あたしは自分のカバンをギュッと握りしめた。
　死のうとしたときの翔吾の気持ちを、少しでも思い出すために。
　こんな気持ちの中、優也さんは懸命にあたしを守り、〈mother〉からの脱出を成功させた。
　今度は、あたしが優也さんを助ける番なんだ。
「5人は、あたしが集めたほうがよさそうですね」
「お願いできるかな？」
「あたしは学校へ通っています。全校生徒の人数は約400人。

その中から5人を見つけましょう」
　あたしは迷いなくそう言いきった。
「朱里ちゃんには本当に感謝するよ」
　優也さんはそう言って、あたしの手を握りしめたのだった。

　スマホの番号を交換したあたしたちは、それぞれの家へと歩いていた。
　まだ一緒にいたい気持ちはあったけれど、真っ黒な服の下には血が残っている。
　一刻も早くそれを洗い流したい気持ちだった。
　時刻は夕方近くで、家に戻ると駐車場に母親の車が止めてあった。
　仕事から帰ってきているみたいだ。
　あたしはいったん玄関の前で立ち止まり、そして大きく深呼吸をした。
　これから5人もの奴隷を集めるんだ。
　緊張と不安が顔に出ないように、リラックスする。
　できるだけ自然でいなければいけない。
　あたしは家のドアを開けて「ただいま」と、いつもどおりに声をかけた。
　リビングから「おかえり」と、お母さんの返事が聞こえてくる。
　リビングを開けると、買い物をしてきたのかスーパーの袋から食材を取り出しているお母さんの姿があった。
「宿泊合宿は疲れたでしょ、今、お風呂を溜めてるからね」

こちらを見ず、当たり前のようにそう言うお母さん。
　宿泊合宿、ということになっていたんだ……。
　〈mother〉が用意周到に準備しているということはわかっていたけれど、いざ自分の母親が騙されているのを見ると、心がギュッと締めつけられる感覚になった。
　それに、母親の態度を見る限り誰も〈mother〉を疑ってはいない。
　あたしは脱衣所へと向かいながら、小さく息を吐き出した。
　あたしだってそうだ。
　自分が《奴隷部屋》に連行されるまで、〈mother〉を疑うことなんてなかった。
　疑う必要さえ、なかった。
「お風呂に行ってきます」
　あたしはお母さんにそう声をかけて、脱衣所のドアを開けたのだった。

　お風呂から上がったあたしは、自室でカレンダーを見ていた。
　翔吾と一緒に心中しようとしたのが……6月6日の昼頃だった。
　今日の日付は6月7日。
　24時間と少しであれだけのことが起こっていたのかと思うと、急に体のだるさを感じた。
　ベッドに横たわると、そのまま底なし沼へと引きずり込まれそうな睡魔を感じる。

そんな中で、あたしは無理やり目をこじ開けていた。
　１階からは、お母さんが夕飯を作る包丁の音が聞こえてくる。
　まずは部屋着に着替えようと、クローゼットを開く。
　するとそこには見慣れない服が何着もズラリと並んでいて、あたしは小さく悲鳴を上げてあとずさりをした。
「何……これ……」
　手を伸ばし、見慣れない服の１枚を手に取る。
　それは〈mother〉を出るときに着たようなサマーセーターだった。
　他の服に目をやると、白やパステルカラーなど色とりどりだが、全部、ハイネックだ。
　あたしが着ていたワンピース型のものもあれば、トップスもある。
　あらゆる場面で着られるようになっている。
「首輪を……隠すため……」
　あたしは自分の首につけられたままの首輪に触れた。
　相変わらず冷たさが残っている。
　あたしはハイネックの１枚を身につけた。
　伸縮性のあるセーターだから体のサイズにぴったり合う。
　それと同時に、背筋がゾクリと寒くなった。
　〈mother〉の人間は家の中まで入り込んでいるのだ。
　自分に埋め込まれたチップはあたしのすべてを見ている。
　そう思うと急に吐き気に襲われ、あたしは１階のトイレまで走った。

1日何も食べていない胃からは何も出てこなかったけれど、少量の血が混じっていて便器を汚した。
　毒ガスを吸ったせいで、まだ体内で出血しているのかもしれない。
「ちょっと朱里、どうしたの!?」
　あたしの異変に気がついたお母さんが、料理を作るのをやめにして走ってくる。
　あたしは慌ててトイレの水を流した。
「だ、大丈夫。ちょっと気分が悪くて……」
「本当ね。少し顔色が悪いんじゃない？　ご飯、お粥にしようか」
「ううん……ごめんね。今日はもう寝るから」
　よろよろと立ち上がり、階段へと向かう。
「何か食べられるようなら言いなさいよ」
　うしろからそう声をかけられて、あたしは振り向かずに頷いた。

　部屋で1人になると、ようやくホッとできる。
　本来ならこのまま眠ってしまいたかったが、あたしは机の引き出しからクラス写真を取り出した。
　写真には、梅田高校2年A組のみんなが写っている。
　その中に、みんなと同じように笑顔で写っている翔吾の姿に目がいった。
　2年に上がったとき、まさか自分たちがこんなことに巻き込まれるなんて思ってもいなかった。

翔吾と同じＡ組になれたことがすごくうれしかったし、まわりの友達からもよく冷やかされていたっけ。
　進級したばかりの頃を思い出し、自然と笑顔がこぼれる。
　男子19人。
　女子18人。
　計37人の、進学クラス。
　あたしはクラスメートの顔をよく見ていった。
　見慣れたクラスメートたちだけれど、こうして改めて写真を見ていると、まるで知らない人たちのように思えてくる。
「彩美……」
　あたしは、あたしの隣で写っているツインテールの少女を見つめた。
　守田彩美。
　中学校時代からの親友だ。
　彩美は年齢よりも見た目がずいぶん幼く、今でも小学生に間違えられるくらいだ。
　しかし勉強はずば抜けて得意で、進学クラス一の秀才。
　彩美は常識ばかりにとらわれているわけでもなく、時には誰も思いつかないような突飛な発想を口にしたりもする。
　それは文化祭や体育祭といった行事のときに役に立つことが主だったけれど、社会に出ればきっと別の形で発揮されるだろう。
　彩美なら、世界を動かすような大きなことができるんじゃないか。
　そんなことを感じることも多かった。

彩美なら〈mother〉を変えられるかもしれない。
　そう思ったときだった。
　部屋に軽快な音楽が流れはじめて、あたしは机に置いてあったスマホを手に取った。
　画面には優也さんからの着信を知らせる文字が出ている。
「もしもし!?」
　あたしはすぐにスマホに出た。
《もしもし、朱里ちゃん？》
「は、はい！」
　ついさっきまで一緒にいたのに、電話になると急に緊張してしまう。
　あたしは自然と背筋を伸ばしていた。
《どう？　奴隷としてふさわしそうな人、いた？》
　そう聞かれ、あたしの気持ちは一気に落ち込んでしまった。
「ごめんなさい……」
《そうだよね。そんなに早く見つかるわけがないよね。ちょっと聞いてみただけだから、気にしないで》
　そう言いながらも、優也さんはどこか焦っているような雰囲気だ。
　7日間に5人の奴隷。
　しかも、相手には奴隷になることを伝えなければいけない。
　ボヤボヤしている時間なんて、あたしたちにはないんだ。
　そう思い、あたしは気を取り直す。
《1つ閃いたことがあって電話をしたんだ》
「閃いたこと？」

《そう。仮に朱里ちゃんが奴隷候補を5人見つけてくれたとしても、相手がチケットを受け取ってくれなければ意味がない。だけど、奴隷になるということを相手に伝えれば、きっとチケットは受け取ってもらえない》
「あたしも、そう思います」

　それでもなんとか相手を説得しなきゃいけない。

　そう思っていた。

《でも、よく思い出してみればスーツの男は、「どのタイミングで奴隷になるという説明をしなければいけないのか」ということは言っていなかった》

　優也さんの言葉に、あたしはスーツの男の言葉を思い出していた。

『奴隷になる相手には、その封筒の中のチケットをちゃんと自分の手で渡すこと。そして奴隷になってくれと伝えること』

　たしかにそう言っていた。

　優也さんの言うとおり、いつ、どこでそれを伝えなきゃいけないかということは、説明していなかった。

《つまりね、朱里ちゃんはチケットを渡すとき、相手に直接『奴隷になって下さい』なんて言う必要はないってことだよ》
「本当ですね！」

　あたしは思わず声が大きくなった。

　奴隷になることを言わなくていいのなら、チケットを渡せる可能性は出てくる。

《なるべく、朱里ちゃんのまわりで興味があること、流行っていることを話題に出すようにするんだ。人気アイドルでも、人気キャラでもなんでもいい。その人気者が〈mother〉の建物内でイベントを行う。そう説明すれば、チケットは簡単に渡せるはずだ》

なるほど。

あたしは眠気が一気に吹き飛んでいくようだった。

さっきまでの体の疲れも、今はなんだか心地よい。

「すごいです、優也さん!!」

《ありがとう。それでなんだけど、チケットは今、俺が持っている》

「あ……」

そうだった。

スーツの男から封筒を受け取ったのは優也さんだ。

優也さんはそのままチケットを持って帰ってしまった。

《そこでだ。奴隷候補を朱里ちゃん1人で決めていくのは大変だろうし、やっぱり俺も一緒に探そうと思うんだ》

「え? でも優也さんは人脈がないんですよね?」

《あぁ。でも、朱里ちゃんが候補を選んだあと、その人物が本当にふさわしいかどうか考えることくらいなら、俺にもできる。そうすれば、俺たち2人が奴隷を選んだことになって、朱里ちゃんの精神的な負担も軽減されるんじゃないか?》

優也さんの言葉に、あたしの胸はジンッと熱くなった。

正直、あたし1人で行動しなきゃいけないのは辛かった。

〈mother〉の中で頑張ってくれた優也さんのために、逃げちゃいけないと思っていた。
　でも、こうしてちゃんと支えてくれるなら精神的にも全然違う。
「ありがとうございます！」
《いいや、お礼を言うのは俺のほうだよ》
「え？」
《相手が朱里ちゃんで……好きな女の子でよかった。だから俺は頑張れるんだ》
　優也さんの優しい声が、耳をくすぐる。
「あたしも……優也さんが好きです」
　現実離れした状況で生まれた感情は、本物の感情ではないかもしれない。
　そんなこと、わかっている。
　それでも、あたしは今、優也さんのことが好きだと心から思っているんだ。
　２人でやり遂げないといけない。
　翔吾のためにも……。
　そう、心に強く思ったのだった。

選ぶ

　6月8日、月曜日。

　あたしはいつもよりも早く目が覚めた。

　ハッと息をのむ音と同時に目を開けると、見慣れた天井が見えてホッと息を吐き出す。

　何か、すごく嫌な夢を見ていたような気がする。

　次から次へと人が死んでいく、灰色の部屋の夢。

　ベッドから起き上がり、部屋を出ようとしたとき鏡に自分の姿が映り、あたしは立ち止まった。

　見慣れないハイネックのサマーセーター。

　これが熱くて汗をかいたんだ。

　そう思い首元に手をかける。

　その瞬間、ハイネックの下の冷たい金属に指先が触れた。

「……夢じゃなかったんだ……」

　灰色の部屋も、死んでいった人たちも。

　あたしはグッと拳を握りしめ、部屋を出た。

　家の中はまだ静かで、両親は起きていないようだ。

　足音を立てないようにキッチンへ向かい、冷蔵庫からミネラルウォーターを取り出して飲む。

　冷たい水が心地よく体の中へ入っていく。

　あたしは、キッチンのテーブルに置かれている小さなカレンダーに目をやった。

　6月8日。

今日は学校へ行く日だ。
今日から、本格的にあたしと優也さんの計画ははじまる。
あたしはペットボトルの蓋をキュッと閉めて、冷蔵庫へ戻した。
まずは、ある程度、誰を選ぶのかを決めておこう。
学校へ行ってから迷っていては、奴隷候補の行動をよく観察することもできないまま1日が終わってしまう。
全校生徒の人数は400人だけれど、その中から選ぶのは正直言って困難だ。
生徒全員を把握することなんてできないし、見知らぬ生徒からチケットを貰っても、当日に来てくれない人もいるだろう。
だとしたら、やっぱり……。
あたしは自分の部屋に戻り、机に座った。
引き出しの中からクラス写真を取り出す。
「クラスメートの中から、3人は選んでおきたい……」
あたしは小さく呟いた。
写真の中のクラスメートたちはみんな笑顔で、とても楽しそうにしている。
友達同士の多少のわだかまりはあれど、イジメや差別といったものはないクラスだ。
「この中から選ぶなんて……」
さっそくあたしは頭を抱えてしまった。
少し派手でうるさい女子や男子のグループに、自然と視線がいってしまう。

でも、それだけで奴隷になっていいとは思えない。
もっと決定的なものがないと。
だけど、7日間という短い間でそれを見つけるのは難しい。
クラス写真を前に頭を抱えていたとき、スマホが光った。
画面を確認してみると、優也さんからのメッセージだ。
【今日、学校へ行く前に少しだけ会えないか？】
その文面にあたしは時計を確認した。
まだ6時を少しまわったところだ。
あたしは【大丈夫ですよ】と返事をして、すぐに制服に着替えた。
カバンを持って部屋を出る寸前、机の上のクラス写真に目をやる。
優也さんからの誘いは、間違いなく奴隷候補についての話し合いだ。
そう思い、あたしは机の上のクラス写真をカバンの内ポケットに入れて、部屋を出たのだった。

待ち合わせ場所は、学校の近くのファミリーレストランだった。
そこに到着するまでの景色は見慣れているはずなのに、いつもよりも灰色に見えた。
街にあるすべてのものが〈mother〉で作られたものだと思うと、どうしても嫌悪感を覚えた。
お店に到着して店内を見まわすと、数人のお客さんしかいなくて、みんな軽い朝食をとっているようだった。

1秒でも早く優也さんに会うために朝は食べてきていないので、ここに来てお腹が鳴った。
「おはよう。朝早くに呼び出してごめんね」
　いちばん奥の席に座っていた優也さんが、あたしに気がついて片手を上げた。
「平気です」
　そう言いながら、あたしは優也さんの向かいの席に座った。
「制服の下からセーターが見えても大丈夫なのか？」
　優也さんがあたしの服装を指さしてそう言った。
　梅田高校のセーラー服の下には、〈mother〉が用意したサマーセーターを着ている。
　さすがに、首輪をむき出しにしたまま学校には行けない。
「大丈夫です。風邪を引いたってことにしますから」
「そっか」
　それから何も食べていないあたしたちは、それぞれ朝食を注文した。
　ここのパンケーキはおいしいはずなのだけれど、それを食べている間もずっと奴隷候補のことが気になり、とくに味わうことなく食べ終わってしまった。
　それは優也さんも同じだったようで、食べている間は終始無言のまま、早く食べ終えてしまいたいという気持ちが通じてきた。
「さて、それじゃあ本題に入ろうか」
　食べ終えたお皿が下げられると同時に、優也さんがそう言った。

スマホで時間を確認すると、まだ7時くらいだった。
　登校時間まであと1時間半くらいはある。
　これならじっくり作戦を考えることもできそうだ。
「一応、これを持ってきました」
　そう言い、あたしはテーブルの上にクラス写真を置いた。
「ありがとう。こういうのがあると助かるよ。俺も奴隷候補の顔くらいは見ておかないと、期限当日になって困るだろうから」
　優也さんはそう言い、クラス写真を興味深そうに眺めた。
　本当なら、こんなふうにクラスメートを紹介したくはなかった。
　みんな仲のいいあたしの友達なんだよと、紹介したかった。
「朱里ちゃんの隣に写ってる子は？」
　優也さんが彩美を指さしてそう聞いてきた。
「守田彩美です。あたしの親友でクラス内ではいちばん勉強ができる子です」
「へぇ……なるほどね」
　優也さんはそう言い、顎をさすった。
「あの……彩美は奴隷候補にはなりませんよ？」
「どうして？」
　優也さんが写真からあたしへと視線を移す。
「親友だって言ったじゃないですか」
「親友だからこそ、朱里ちゃんの言葉を信じてくれると思うけどねぇ」
　優也さんの言葉に、あたしは唖然として目を見開いた。

たしかに彩美なら、あたしの言葉を信じてチケットを受け取るだろう。
　でも……いちばんの親友を奴隷候補にするなんて考えられない。
「一応、頭の片隅にこの子の存在も置いておくほうがいいかもしれないよ？」
「そんなっ……」
　言い返そうとするあたしの言葉を、優也さんは遮った。
「朱里ちゃん。これはキミと俺の生死がかかっていることなんだ。それをよく考えて」
　そう言われ、あたしは返す言葉を失ってしまった。
　あたしの命だけならまだいい。
　でも、優也さんの命もかかっている。
　あたしは写真の中でほほえむ彩美を見た。
　その瞬間、ズキンッと胸が痛む。
「とにかく、この中で守田彩美ちゃんを除く５人の候補を探しておこうか」
「５人全員をですか!?」
　思わず声が大きくなり、あたしは慌てて自分の口を閉じた。
「そうだよ？　クラス内で決めておいたほうが朱里ちゃん自身が動きやすいだろう？」
「それは……そうですけど……。さすがに、クラス内から一気に５人も生徒がいなくなると、大人たちだって怪しむと思います」
「俺はそうは思わない」

キッパリと、あたしの意見を否定する優也さん。

その目はまっすぐにあたしを見ていて、あたしは思わず視線をそらしてしまった。

「〈mother〉から出たあと、家族をはじめ周囲の人間は何事もなかったようにいつもどおりに暮らしていた。俺が１日家に戻らなかったのは、友人の家に泊まっていたからだと思われていた」

そう言われて、あたしは昨日の出来事を思い出していた。

お母さんは、あたしが宿泊合宿に行っていたと思っていた。

「《奴隷部屋》にいた人数を見ただろう？　あれほどの人間たちが一気に街からいなくなっていても、ニュースでは何も触れていない。クラスから５人消えたくらいで問題になるとは思えない」

「……それじゃあクラスメートから５人全員を選ぶんですか？」

「朱里ちゃんには辛い思いをさせるかもしれないけれど、俺はそうしたほうがいいと思う」

優也さんの目が優しくなる。

あたしをいたわってくれているのがわかる。

あたしは……クラス写真に視線を落とした。

手にはジットリと汗が滲んでいて、心臓は通常の倍の速さで動いているのがわかる。

37人の中から、5人。

あたしの視線は、自然と賑やかなクラスメートへと注がれる。

自分とはあまり仲良くないグループ。
　心を凍てつかせて相手を選ぶのなら、できるだけ自分からは遠い存在のほうがいい。
「この子？」
　優也さんが、あたしの視線の先にいる女の子を指さした。
　正木公恵(まさきぎみえ)。
　右耳にピアス。
　明るい髪色。
　緩いパーマ。
　派手な化粧。
　２年生に上がってから同じクラスになったけど、会話をしたことはほとんどない。
　あたしの頭が傾いた。
　それはまるで頭部だけが自分とは分離してしまったかのような感覚だった。
　ゆっくりと、だけど確実にイエスのサインを送った……。

　登校時間ギリギリまで優也さんと計画を練り、学校へ向かったあたしはいつもどおり自分の席に座った。
「朱里おはよ！」
　うしろからポンッと肩を叩かれて振り返ると、彩美がいつもどおりの笑顔を浮かべる。
　みんな何も変わらない。
　あたしがあの部屋で生き抜いてきたことを、誰も知らない。
「おはよう」

あたしは無理やり口角を上げてほほえんだ。
親友に本当のことを言えないというストレスから、胃がキリキリと痛むのを感じた。
「今日の課題やってきた？」
彩美にそう聞かれ、あたしはキョトンとしてしまった。
課題？
……そういえば、金曜日に何かプリントを配られていた気がする。
やっていない。
やるわけがない。
だって、翔吾と一緒に自殺することを決めたのは先週の月曜日だもん。
課題なんかで時間を潰すわけがない。
睡眠薬の準備と、部屋の掃除。
できるだけ家族や友人と一緒に過ごすことに時間を使っていた。
その直後の《奴隷部屋》だったんだから。
「また忘れたの？　先週あたりから急に課題忘れが多くなったよね？」
彩美が心配そうにあたしの顔を覗き込んでくる。
「う、うん……なんだか体調がよくなくて」
あたしは引きつった笑顔を浮かべる。
「仕方ないなぁ。あたしの写す？」
「うん。ごめんね、彩美」
本当は今日の課題なんてどうでもよかった。

彩美にプリントを貸してもらって写す時間があれば、公恵の行動を見ていたかった。
　でも、妙な行動は避けなければ警戒されてしまう。
　できるだけ自然に、いつもどおりにしていなければ。
　プリントを写し終えるとほぼ同時に、担任教師が教室へと入ってきた。
「ありがとう、彩美」
　こそっとそう言い、あたしの前の席の彩美にプリントを返した。
　これで、課題などという無駄なものを気にする必要はなくなった。
　プリントはうしろの席から集められて、あたしの手元からはあっという間になくなった。
　先生がホームルームをしている間、あたしの視線は公恵へと向けられていた。
　公恵は机の上に鏡を出しっぱなしにしていて、つねに髪型やメイクを気にしている。
　それはもうクラスの景色の一部になってしまっていて、先生は注意することすら忘れているようだ。
　公恵は時折アクビをして、窓の外を見る。
　そのつまらなそうな表情は、ホームルームが終わると途端に明るくなった。
　仲のいい友人たちの中心になり、ファッション誌を広げて何やら大きな声で会話している。
「何を見てるの？」

彩美にそう言われハッと我に返った。
「な、なんでもないよ」
　あたしは慌てて笑顔になる。
「本当？　正木さんの持ってる雑誌に興味ありそうな顔してたけど？」
　正直、公恵の持っている雑誌がなんなのかも知らない。
　でも……これは使えるかもしれない。
　そう思ったあたしは、すぐに行動に移した。
「じつはちょっと興味あるんだ。ね、ちょっとだけ会話に交ざってきてもいいかな？」
　そう言うと、彩美は驚いたようにあたしを見た。
　図星だとは思っていなかったようだ。
「そうだったんだ。いいよ、行ってらっしゃい」
　彩美がそう言い終わる前に、あたしは席を立って歩き出していた。
　まっすぐに公恵のグループへと向かう。
「ねぇ、その雑誌ちょっと見せてくれない？」
　輪の外から声をかけられた公恵が「え？」と、キョトンとした顔をしてあたしを見上げる。
　キレイな顔をしているけど、化粧を落とせばどんなふうになるかわからない。
「その雑誌に載ってる服、あたしも好きなんだ」
　あたしは半ば強引に周囲の子たちを押しのけて、公恵の前に立った。
「へぇ？　朱里ってこういう服、着るんだ？」

そう言って見せられたのはノースリーブの背中が大きく開いているワンピースで、あたしは一瞬、言葉に詰まってしまった。
こんな露出度の高い服は興味ないし、着たこともない。
「う、うん。かわいいよね、これ！」
ちょっと無理があるかなと思っていたが、公恵はすぐに上機嫌で話しはじめた。
「あたし、このブランドの服を買うために頑張ってバイトしたんだ！　朱里もバイトしてお金を貯めてるの？」
「そ、そうだよ！　だって、すごく高いもんね」
会話を合わせながら、あたしは雑誌に書かれている服の値段を確認した。
さっきのワンピースで3万円だ。
学生のあたしに手の届くような服じゃない。
「朱里はどんなバイトしてるの？」
「あ、あたしは……その……イベント会社の裏方のバイトだよ!!」
もちろん、そんなバイトをしたことはない。
でも、たしかそんな求人を前に見かけたことがあるし、ここでイベント会社の関係者だと思わせておけば、あとからチケットを渡しやすい。
「へぇ、すごいじゃん！　どんなイベント？」
公恵は目を輝かせて話に食いついてきた。
「えっと……」
あたしは求人広告にあった会社名を思い出す。

〈mother〉の中ではいちばん大きなイベント会社で、主に地域に密着したイベントを開催している。
「夏祭りとか……」
　他にも地域のイベントはたくさんあるのだけれど、焦っている今の状況ではそんなものしか浮かんでこなかった。
　体の内側からブワッと汗をかいている気分だ。
「すごいじゃん！」
　公恵がそう言ってくれたので、あたしはホッと胸を撫で下ろした。
「でも、それじゃなかなかお金にはならないんじゃない？」
「そうだねぇ。高校生だし、こんなものかなって思ってるけれど」
　ここは自然と繋げることができた。
　〈mother〉では、高校生のバイトの時給は県の最低賃金がほとんどだからだ。
「もっと効率のいいバイトがあるよ？」
「え？」
　首をかしげると、公恵がグッと身を乗り出してきた。
　公恵の友人たちはすでにそのバイトがなんなのか知っているらしく、ニヤニヤと笑っている。
「客引きガール」
　耳元でささやかれる。
「何、それ？」
「街でナンパされて、相手と一緒にご飯を食べるの」
「それだけ？」

あたしは目をパチクリさせる。
「そ。でもご飯を食べるのは必ずバイト先のお店」
「どうして？」
「男の人を自分のお店で飲み食いさせることで、売上に繋げるんだよ。お店の商品の売価は通常の３倍。だけど、女の前で男はＮＯとは言えないから、支払ってしまうんだよね」
　公恵の説明にあたしは大きく頷いた。
　相手を騙しているわけでもないし、法律に触れているわけでもない。
　これなら正当な理由でお客さんに多額の請求ができる。
　だからバイトの時給も通常よりいいんだ。
　でも……あたしの中で公恵への評価は確実に下がった。
　男にナンパされるために着飾り、一緒にご飯を食べるだけで高い給料をもらう。
　そのお金を使い、また着飾る。
　公恵は男を食い物にしているんだ。
　あたしは心の中でほほえんだ。
　よかった。
　公恵がいい子じゃなくて。
「ねぇ公恵、よかったら今日の放課後一緒に遊ぼうよ。そのブランド服について話そう」
　あたしはニッコリとほほえんで、そう言ったのだった。

どっち?

　公恵と放課後の約束をして席に戻ると、彩美が頬を膨らませて待っていた。
　思っていたよりも時間が経過していて、彩美はすっかりスネてしまったようだった。
「ずいぶんと楽しそうだったね」
「え?　そう?」
「朱里が正木さんと趣味が合うなんて知らなかった……」
　そう言い、うつむく彩美。
「ごめんごめん。ちょっと興味があっただけだよ」
　あたしはそう言い、彩美の背中をトントンと叩く。
「それよりさ、放課後に公恵と一緒に遊ぶことになったんだけど、彩美も一緒にどう?」
「正木さんと?」
　彩美が怪訝そうな表情を浮かべる。
　今まで一度も一緒に遊んだことがない相手なんだから、警戒して当然だ。
「話してみると、結構楽しい子だよ?」
「そうかもしれないけど……」
　彩美はジロッと公恵を見た。
　公恵は上機嫌のまま、さっきの雑誌の続きを見ている。
「ま、朱里がそこまで言うなら行ってもいいよ?」
　小さく息を吐き出して彩美は言う。

「じゃ、決まりね!」
 放課後、3人で今朝のファミレスに向かう。
 そのときに合流しよう。
 あたしは自分の膝の上でスマホをいじり、そんなメッセージを優也さんに送ったのだった。

 それから放課後まで、あたしは公恵の行動を見ていた。
 体育の授業では仮病を使ってサボり、昼休みには大人しいクラスメートの男子にジュースを買わせていた。
 このくらいの光景ならどの学校でもあるかもしれないが、時折荒い言葉で相手をののしる公恵の姿は見ていて気分が悪くなる。
 公恵のそういう姿を見れば見るほど、あたしはうれしくなった。
 公恵はこんな子なんだ。
 こんなに悪い子なんだ。
 だから奴隷にふさわしい。
 レッテルだって、いつ下位まで落ちてもおかしくないんじゃないか?
 そうなれば、公恵は《奴隷部屋》に行くことになる。
 あたしと優也さんの代わりに奴隷になってもらったって、問題ないはずだ。
 そんな気持ちになってくる。
 そして、待ちに待った放課後が来た。
 チャイムが鳴り、みんな一斉に教室を出ていく。

そんな中、公恵があたしの机までやってきた。
「今日はどこに行く？」
　　公恵はすでに遊ぶ気満々で、楽しそうだ。
「あたし少しお腹すいちゃったんだけど」
　　そう言うと、公恵は「あたしも!!　放課後ってなんかお腹すくよねぇ」と、賛同してきた。
　　その言葉にあたしはニヤリと笑う。
「それならファミレスに行こうよ。彩美も一緒に」
　　ちらりともこちらを見ようとしない彩美に声をかける。
　　こちらを見なくても、チャイムが鳴っても教室を出ようとしないところをみると、約束はちゃんと覚えているはずだった。
「守田さんも一緒？」
「うん。いいでしょ？」
「まぁいいけど」
　　公恵は気にしている様子もないし、彩美は浮かない顔をしながらも一緒に行く準備をしている。
　　これなら計画どおりに進みそうだ。
　　あたしは２人を連れて教室を出たのだった。

　　ファミレスへ到着するとあたしたちは４人席に通され、それぞれスイーツを頼んだ。
　　彩美と公恵の２人はあまり会話をしていないけれど、あたしが中に入ることで会話も弾んでいる。
　　この調子なら大丈夫そうだ。

通路側の席にあたし。
その隣が公恵。
あたしの前の席に彩美が座っている。
1つ、席が空いている状態だ。
そう思っていたとき、入り口のほうから「いらっしゃいませ」と客へ向けて言う店員さんの声が聞こえてきた。
あたしはケーキを口に運びながら、チラリと入り口へ視線を向けた。
そこには優也さんが立っていて、あたしと目が合うと小さく頷いた。
あたしも小さく頷き、スイーツへと視線を戻す。
「あ〜、このプリンすごくおいしい！　お代わりしちゃおうかなぁ〜」
公恵がそう言ったとき、優也さんが「あれ？　朱里ちゃん？」と、声をかけてきた。
あたしは初めて優也さんの姿に気がついたように装い、目を丸くする。
「優也くん！」
優也さんを"くんづけ"で呼ぶのは少しドキドキしたけれど、どうにか自然に『優也くん』と呼ぶこともできた。
「偶然だね。学校帰り？」
ニコッとほほえみ近づいてくる。
「うん、優也くんは？」
「俺、学校は午前までだったんだ。腹が減ったから出てきただけ」

そう言う優也さんは学生にしか見えない。
　少し幼く見える優也さんの外見を利用し、他校の知り合いを演じているのだ。
　年上の男性というよりは、同級生ということにしておいたほうが警戒心も弱まると考えたからだ。
「ちょっと、その人、誰？」
　先に食いついたのは公恵だった。
　優也さんは一般的に見てかなりカッコいい人だ。
　公恵は、さっそくその容姿に惹かれている。
「Ｎ高校の優也くんだよ。あたしたちと同じ16歳」
　あたしがそう紹介すると、優也さんは軽く頭を下げた。
「ね、ここに座ってもらえば？」
　公恵がそう言い、自分の前の席を指さした。
　その隣の席は彩美だから、彩美は少しムッとしたように公恵を睨んだ。
　いくらカッコよくたって、知らない男性が自分の隣に座るというのが抵抗があるのだろう。
　それに気がついた公恵がスッと立ち上がり、彩美の隣に座った。
　結果、あたしの隣の席が１つ空く形になる。
「ここなら、平気でしょ？」
　公恵が彩美に向かってそう言うと、「別に、いいけど……」と、彩美も頷いた。
　優也さんは少し戸惑う様子を見せつつも、あたしの隣に座った。

いつもより少し近い距離に思わずドキッとしてしまう。
「俺、本当に腹減ってるからガッツリ食うよ？」
そう言いながら優也さんはメニューを開く。
「どうぞどうぞ。あたしたち待ってるから大丈夫！」
公恵がそう言い、ニコニコと笑う。
待っているからということは、これから遊びに行くのに優也さんも一緒に行こうと誘っているようなものだ。
公恵は男好きなのかもしれない。
だから、客引きガールなんてしているのかもしれない。
最後の一口となったケーキを口に運びながら、あたしはそんなことを考えていたのだった。

ファミレスでご飯を食べている間、優也さんはあっという間に彩美と公恵の２人とも打ち解けていた。
優也さんの会話はとても面白くて、流行りの話題にも詳しいため会話が途絶えることがなかった。
とくに公恵が好きなdashというバンドグループの話になると、かなりの盛り上がりを見せた。
あたしと彩美はそのバンドを好きというわけではなかったけれど、いちばん人気のバンドということでよくテレビでも見ていた。
音楽について熱心に語っている優也さんはとても輝いていて、あたしは優也さんの新しい一面を見ることができた気がしてなんだかうれしくなった。
それから４人でファミレスを出て、大型スーパーのゲー

ムセンターでプリクラを撮った。
　あたしはそれを見ながら、翔吾のことを思い出していた。
　翔吾とも、何度もこのゲームセンターでプリクラを撮ったっけ。
　またプリクラを撮ることができるなんて思ってもいなかったけれど、それは切なさを加速させるだけだった。
　ジッとプリクラを見ていると、彩美が「残念だったよね……」と、そっと声をかけてきた。
「え?」
　キョトンとしてそう聞き返すあたし。
「翔吾くんのこと思い出してたでしょ、今」
　図星をつかれてドキッとする。
「……うん」
「突然引っ越すなんて、思ってなかったよね」
　眉を下げてそう言う彩美に、あたしは目を見開いた。
「引越し……?」
「うん。誰にも伝えずに引っ越したって、昨日の連絡網でまわってきたときには驚いたよ。朱里も何も聞いてなかったんでしょ?　親の都合とはいえ、彼女にくらい何か言っていけばいいのにね」
　少し怒りを含んだ口調でそう言う彩美に、あたしは唖然としていた。
　昨日の連絡網?
　そんなもの、あたしの家にはまわってきていない。
「違う……」

あたしは思わずそう言っていた。
「え？」
「違う！」
　グッと奥歯を噛みしめる。
「大丈夫？　朱里」
　そんなあたしの肩を、優也さんが優しく掴んだ。
　優也さんは笑顔だが、目が笑っていないことがわかった。
　何も言うな。
　感情的になるな。
　そう言われている気分がして、あたしは深呼吸を繰り返した。
「……翔吾には翔吾の理由があったんだと思う。だから、そんな言い方しないで」
　あたしがそう言うと、彩美は「そっか……そうだよね。ごめん」と、辛そうな表情になった。
「朱里って優しいよね。自分を捨てた相手をかばうなんて」
　公恵が肩をすくめてそう言った。
「そんな言い方ないでしょ!?」
　彩美がすぐに公恵を止めた。
　だけど、あたしは冷静だった。
　翔吾はあたしを捨てたりなんてしていない。
　むしろ、その逆だ。
　あたしを守るために、いなくなってしまったんだ。
「もう、この話はやめよう？　せっかくの楽しい時間が台無しになっちゃう」

あたしは極力明るい口調でそう言ったのだった。

それから数時間後、あたしと公恵はスマホの番号を交換し合ったあと、そのまま解散していた。

外は暗くなりはじめていて、あたしもそろそろ帰る時間だ。

しかし、まだやることはある。

彩美と公恵の２人と別れてから、あたしはスマホを取り出した。

画面にはメッセージが表示されていて、優也さんからだった。

【デパートの裏で待ってる】

そのメッセージに従ってデパートの裏へ向かうと、優也さんは喫煙場所でタバコをくわえていた。

「タバコ吸うんですね」

近づいてそう声をかけると、優也さんは慌てて火を消した。

「考え事をしていたら、ついね」

そう言って、バツが悪そうに笑う優也さん。

20歳を超えているし悪いことをしているわけじゃないのに、気をつかってしまうところがかわいいと思った。

だけど、そんな話をしている暇はなくて、あたしはすぐに本題に入った。

「優也さんなら、どっちを選びますか？」

そう聞くと、優也さんはチラリとあたしを見た。

質問の意味は言わなくてもわかっているはずだ。

「正木公恵ちゃんのほうでいいと思うよ」

優也さんの、なんの感情もこもっていない言葉が鼓膜を震わせた。
「……やっぱり、そうですよね」
　そう言うあたしの声にも、なんの感情もこもっていなかった。
　公恵と彩美を並べれば、みんな公恵のほうが奴隷としてふさわしいと思って当然だ。
「じゃぁ、これチケットな」
　ズボンのポケットから茶色い封筒を取り出し、その中からチケットを1枚あたしに差し出してきた。
　それはなんの変哲もないチケットだった。
　白い紙に〈mother〉と大きく書かれていて、その下には【6月13日（土）。17時に現地集合】と、書かれている。
「これがチケット……？」
　裏は真っ白で何も書かれていない。
　奴隷になるためのチケットにしては簡素な作りだ。
「あぁ。なんのチケットかわからない分、使いやすいと思う」
　その言葉に、あたしはチケットから顔を上げた。
「できれば、奴隷候補が必ず現地に現れるようなイベント内容を考えたほうがいい。正木公恵ちゃんの場合は、好きなバンドのライブと言えば食いつくだろう。でも、同じチケット5枚をクラスメート5人に渡すと言うことは、イベント内容があからさまに違うようじゃ怪しまれる」
「……つまり、公恵を選ぶのなら、似たようなタイプを選

んだほうが自然。ってことですね」
「あぁ」
　あたしの言葉に優也さんは頷いた。
　ライブのチケットだと言って渡すとすれば、それはすべて統一させたほうがいい。
　自然と公恵のまわりにいた子たちの顔が蘇ってきた。
　中心的存在の公恵がチケットに食いつけば、彼女たちもきっとこのチケットに食いつくだろう。
　そうなれば5人なんてあっという間だ。
　あたしは内心クスッと笑う。
　でも、焦りは禁物だ。
　公恵がライブのチケットに興味ないと言えば、他の子たちもチケットには食いつかない。
　いくらいいアイデアだと思っても、どこに落とし穴があるかわからない。
　チケットが無駄にならないよう、あたしは1枚しか受け取らなかったのだった。

イベント

　そして翌日、6月9日。
　あたしはいつもどおりに家を出た。
　起きた瞬間から緊張していて、胸がキュッと苦しくなる。
　これからあたしは公恵を騙し、奴隷になるためのチケットを渡す。
　そう考えると妙な汗が背中を流れていった。
「おはよう、朱里！　昨日は楽しかったね」
　教室に入って真っ先に声をかけてきたのは彩美だった。
　放課後はまっすぐ家に帰っている彩美からすれば昨日の出来事はとても新鮮だったのだろう、その表情は生き生きとしている。
「そうだね」
　あたしは、そっけなく返す。
「正直、正木さんとは話が合わないと思ってたけど、話してみると面白かったし」
　彩美は満足そうにそう言った。
　昨日の会話をしていると、公恵が登校してきた。
　教室に入ってすぐあたしたちと目が合い「おはよう」と、声をかけてくる。
　いつもなら挨拶をし合うような仲でもないけれど、昨日で一気に距離は縮まった。
　あたしは窓際へと視線をずらして、公恵たちのグループ

が全員登校してきていることを確認した。
「ねぇ公恵、昨日dashのファンだって言ってたよね?」
　少し大きな声でそう言いながら席を立つ。
「うん、そうだけど?」
「昨日あのあと優也くんから連絡があって、dashの極秘ライブ情報を仕入れたんだけど」
　そう言うと公恵が机の手前で立ち止まった。
「極秘ライブ?」
「うん。6月13日に〈mother〉でシークレットライブをするらしいよ」
　そう言うと、公恵は「〈mother〉で!?」と、目を見開いた。
「声が大きいよ公恵。ライブは極秘。だからチケットもすごく少ないんだから」
　人差し指を立て、小声でそう言うあたし。
　公恵は慌てて声量を下げた。
「なんでそんな情報を優也くんが知ってるの?」
　そう聞かれ、あたしは一瞬、言葉に詰まった。
　しかし、すぐに言い訳が浮かんでくる。
「あ、あたし、イベント会社でバイトしてるって言ったじゃん? 優也くんと知り合ったのはそのバイト先でなんだ。一緒に働いてるうちに優也くんはどんどん上の人たちに気に入られるようになって、いろんな情報を先取りできるようになったの。だから、この情報を知っているのはあたしたちだけってこと」
　早口で嘘を並べ立てる。

公恵が信じてくれるかどうか不安だったが、4人組の人気バンドdashが〈mother〉でライブをするという情報に目がくらんでいるようで、すんなりと受け入れてくれた。
「優也くんってすごいね！」
「う、うん」
　あたしは頷く。
「でね、そのチケットが今1枚だけ手元にあるんだ」
　話題の流れが優也さんへと向かわないように、あたしはすぐにチケットを取り出した。
「嘘、これ!?」
　公恵の目が輝く。
「うん。これ、よかったら公恵にあげるよ」
　そう言い、あたしはチケットを公恵に差し出した。
　その指先は小刻みに震えていて、悟られないようにするために必死だった。
「あたしにくれるの!?」
　聞きながらも、公恵はあたしの手からチケットを奪い取った。
　公恵はチケットをまじまじと見つめ、あたしは緊張から逃げ出したい気持ちになった。
　何も書かれていないチケットだ。
　きっと、いや絶対に怪しまれる。
　でも、そのときの言い訳はもう考えてある。
　だから大丈夫。
　自分を落ちつかせるように、心の中で大丈夫と呟く。

そのときだった、公恵がチケットから顔を上げてあたしを見た。
　公恵と目が合うと同時にドクンッと心臓が跳ねた。
　心臓を強い力で掴まれているような、苦しさを感じる。
「ありがとう、朱里！」
　そう言って抱きついてくる公恵。
「へ？」
　あたしは思わずキョトンとしてしまった。
「これ、シークレットライブなんでしょ？　バレちゃまずいからチケットにはdashの名前を入れてないなんて、徹底してるよねぇ」
　あたしから身を離し、感心したようにそう言う公恵。
「え……あ、うん……」
　公恵はチケットの怪しさなんてまったく感じていないようで、あたしは拍子抜けしてしまった。
　怪しまれたときのために考えていた嘘を、公恵に先に言われてしまった感じだ。
「イベントには朱里と優也さんも来るの？」
「え？　あ……たぶん」
　あたしは曖昧に頷く。
　もちろん、当日は〈mother〉に行くつもりだ。
　チケットを渡した人間が全員ちゃんと来ているかどうか、確認するために。
「そっか。じゃあ仕事しながらでもライブが見れるじゃん！」
「う、うん」

1人で盛り上がる公恵に合わせるため、無理やり笑顔を作る。
「これで2人もdashのファンになっちゃうかもね」
　公恵はとてもうれしそうにそう言う。
「そうだね……」
　あたしは公恵と一緒にほほえみながらも、うしろめたい黒い感情に包まれていたのだった。

　公恵にチケットを手渡したあと、案の定、公恵の友人たちが興味を持ったようで近づいてきた。
「なんでもないよ。動物園のチケットをもらっただけ」
　数人の友人に囲まれながら公恵はそう言い、チケットをポケットにしまった。
　動物園なんて信じるわけもなく、周囲の子たちはまだ公恵の様子をうかがっている。
　それを離れた場所から確認しながら、あたしは息を吐き出した。
　あのチケットに興味を持った子は、きっとあたしに声をかけてくるだろう。
　その中から奴隷候補を選び、チケットを渡すんだ。
「ねぇ、何を渡してきたの？」
　彩美にそう声をかけられて、あたしは「動物園のチケットだよ」と、公恵と同じ嘘をついた。
「動物園？」
　彩美は怪訝そうな顔をする。

公恵と動物園が結びつかないのだろう。
　あたしもそうだ。
　公恵は動物を見て喜ぶタイプには見えない。
　もう少しまともな嘘をつけばよかったのにと思う。
「隣街に大きな動物園が新しくできたんだよね」
　もちろん、これも嘘だ。
「へぇ？」
　彩美は首をかしげながらも頷いたのだった。

　そして、昼休み。
　生徒たちがバラバラになるこの時間帯は、公恵のグループもいったん解散状態になる。
　お弁当を広げる子、食堂に食べに行く子、購買でパンを買ってきて戻ってくる子。
　それぞれ別行動になるときが、彼女たちにとってあたしに声をかけるチャンスだと思っていた。
　公恵に渡したチケットに興味があるなら、きっとこのタイミングで話しかけてくるだろう。
　あたしは教室で彩美と一緒にお弁当を広げながら、そのときを待っていた。
「朱里の今日のお弁当もおいしそう」
「そう？　ウインナー食べる？」
「食べる食べる」
　そんないつもの会話をしている最中、あたしたちの前に1人の女子生徒がやってきた。

「ねぇ、世田さん」
　名前を呼ばれてそちらへ視線を向けると、公恵と同じグループの子が立っていた。
　グループ内ではあまり目立たないタイプの子だったので、あたしは少し驚いた。
　声をかけてくるのはもっと派手な子だと思っていたから。
「何？」
　あたしは何食わぬ顔でそう尋ねる。
「あのね……」
　その子が口を開いた瞬間、教室中に「何すんのよ！」と言う公恵の大きな声が響き渡り会話は中断されてしまった。
　みんなの視線が一斉に声のしたほうへと向けられる。
　教室のうしろのスペースで、男子３人が公恵を取り囲んでいる。
　じゃれ合っているようにも見えるが、公恵の表情は真剣だ。
「何してんの、あれ」
　彩美が首をかしげてそう言う。
「わからない」
　あたしは左右に首を振ってそう答えた……そのときだった、１人の男子生徒の手にあのチケットが握られているのが見えたのだ。
　思わず息をのみ、心臓がドクンッと大きく跳ねた。
　なんであれを……!?
「ちょっと、返しなさいよ!!」
　公恵は本気になって、男子生徒からチケットを取り返そ

うとしている。
　しかし、男子生徒は長身を生かして手を上へと伸ばし、公恵に取られないようにしている。
　何、してんのよ！！
　あたしは奥歯を嚙みしめる。
　公恵がポケットの中なんかに入れているからだ。
　あんなところに入れていれば落としたり、今のように取られたりしてもおかしくない。
「ちょっと行ってくる」
　あたしはそう言い、立ち上がった。
　3人の男子生徒たちは、詳細が何も書かれていないチケットに興味津々だ。
「ちょっと、そのチケットは、あたしが公恵にあげたんだけど」
　声を低くし、まるで唸るようにそう言った。
　あたしが怒っているところを滅多に見たことのないクラスメートたちが、驚いたように静かになった。
「これ、なんのチケットだよ」
　金縛りが解けたようにそう聞いてきたのは、チケットを持っている男子だった。
　クラスでいちばん背が高いが、成績は最下位の男子だ。
　まさにウドの大木というやつ。
　あたしはそんな男子生徒を下から睨み上げた。
「それは〈mother〉で行われるイベントのチケット。何があるのかは当日参加して初めてわかるイベント」

「はぁ？　なんだそりゃ」
　男子生徒は不思議そうな表情になってチケットを見た。
「イベントに行きたいならチケットを都合してきてあげる。でもそのチケットは公恵のものだから、返して！」
「マジで？　俺たちの分も？」
　あたしは頷く。
　すると男子生徒は素直にチケットを公恵へと返した。
　無事にチケットが公恵に戻ったところを見て、ホッと胸を撫で下ろす。
「きっちり３人分、明日持ってこいよ」
　ウドの大木が偉そうにそう声をかけてくる。
　あたしはニヤリと笑った。
　これで一気に奴隷が３人集まることになる。
　予想外の展開には少し驚いたけれど、うまくいった。
「もちろん、３人分キッチリ持ってくるよ」
　あたしはそう答えたのだった。

不安

清水春(しみずはる)。
薮木光大(やぶきこうだい)。
吉本良介(よしもとりょうすけ)。
チケットに食いついてきた3人の男子生徒たちだ。
公恵からチケットを奪っていたウドの大木は清水春。
薮木光大と吉本良介はそれに便乗してきた感じだった。
吉本良介は真面目な性格をしていて、いつも彩美と成績トップを競い合っている。
偶然その場に居合わせ、チケットに興味を持った。
という感じだった。
吉本君は奴隷候補として視野に入れていい生徒ではないけど、昼間の出来事でそれも覆った。
ちょっとした言動が命取りになるのだ。
とにかく今日の成果を早く優也さんに伝えたくて、あたしは放課後までウズウズしていたのだった。

ようやく興味のない授業がすべて終わり、あたしは女子トイレに入って優也さんに電話をかけた。
3コール目で電話が繋がる。
「もしもし、優也さん?」
電話に出てすぐあたしは声をかけた。
《あぁ。そんなに慌てた様子でどうした?》

「話があるの！　いつものファミレスに来れる？」
《わかった。俺も次のターゲットについて話をしたいと思ってたんだ》
　その言葉にあたしは、ふふっと笑う。
　何も言わなくても通じ合っている感じがして、うれしくなる。
「じゃぁ、今から10分後にファミレスで」
《あぁ。じゃ、また》
「うん、またね」
　あたしはそう言い、電話を切ったのだった。

　いいことでも悪いことでも、共有者がいるということは心強くてうれしいものだ。
　1つの目標に向かって2人で進んでいく。
　支え合い、意見を出し合いながら二人三脚で。
　あたしは鼻歌にスキップまでつけて歩きたい気分なのをグッと我慢して、ファミレスへと向かった。
　店内は、学校が終わったばかりの学生で賑わっていた。
　今日は少し気温が高いから、みんな冷たい物を食べたり飲んだりしてから帰るつもりなのかもしれない。
　あたしはいちばん奥の人気のない場所を選び、席についた。
　知った顔ではないけれど、あたしと同じ制服を着ている生徒もちらほらいる。
　場所を変えたほうがいいかもしれない。
　そんな思いがよぎる。

店員さんが冷たい水を運んできてくれて喉を潤したとき、優也さんが店内に入ってくるのが見えた。
　先にメッセージを送っていたので、迷うことなくまっすぐにあたしのほうへと歩いてくる。
　その歩き姿だけでもずいぶんとカッコよくて、周囲の女の子たちの視線を集めていた。
　まずい……。
　こんなに目立っては、クラスメートの話なんてできない。
　ファミレスを待ち合わせにしたのは失敗だったな……。
　そう思い、周囲に顔を見られないようにうつむいた。
「なんだか今日は人が多いな」
　優也さんもそのことを気にしていたのだろう。
「ごめんなさい。今日に限ってこんなに混んでいるとは思ってなくて……」
「朱里ちゃんが謝ることじゃないだろ？　何か食べてから場所を移動すればいい」
　優也さんが優しくそう言い、メニューを開いた。
　その最初のページには大きく【6月9日限定！　桃のかき氷120円!!】と、書かれていたのだ。
　あたしと優也さんは、その限定メニューをまじまじと見つめた。
「これか……」
　優也さんがそう呟き、ふっと笑った。
「そうですね」
　あたしはため息を吐き出す。

今日は暑いし、限定のかき氷に惹かれてみんなやってきたのだろう。
「じゃ、俺たちもこれを食べてから出ようか」
　優也さんはそう言い、子どもっぽく笑ったのだった。
　今日限定のかき氷は限定というだけあって、さすがにおいしかった。
　そのときだけは他愛のない普通の会話をして、まるで普通のカップルのような時間を過ごすことができた。
　2人でファミレスを出たとき、あたしは思った。
　あたしは確実に、優也さんに惹かれていっている。
　《奴隷部屋》から脱出したときの緊張感は薄れつつあるけど、その想いに変わりはなかった。
　あたし、きっと本気で優也さんのことを好きになっている……。
　隣を歩きながらそう思う。
　それはうれしいはずなのに、すごく苦しくて辛かった。
　それは、こうして2人で並んで歩く街並みも、翔吾との思い出で溢れていたから。
　2人で歩いた道。
　2人で入った雑貨屋。
　2人で見た映画館。
　翔吾と過ごした時間は、今でも鮮明に思い出せた。
　そんな街を、あたしは今、優也さんと一緒に歩いている。
　不意に、翔吾との思い出が、どんどん上塗りされているような気持ちになった。

そして、翔吾への罪悪感……。
こんなこと、優也さんには言えないってわかっている。
だけど、本当でこれでいいのかわからなくて、あたしは隣を歩く優也さんを見る。
優也さんはあたしに歩調を合わせてくれていて、時々「暑くない？」とか「疲れてない？」とか、心配してくれる。
優也さんは《奴隷部屋》から脱出できたら付き合おうと言ってくれたことを覚えているだろうか？
今、この状況で告白したらどう思うだろうか？
恋愛なんてしている場合じゃないとわかっていながら、そんなことを考えてしまう。

そして、あたしたちがたどりついたのは、学校から少し歩いた場所にあるネットカフェだった。
「ごめん。この近くで個室といえばここしか思いつかなかったんだ」
思いのほか狭い空間に、優也さんが顔を赤らめてそう言った。
少しでも動くとすぐ密着してしまうような空間に、あたしは戸惑う。
「し、仕方ないですから……」
そう言いながらも、心臓は高鳴っている。
「ほ、本題なんだけど。チケットは渡せた？」
そう聞かれ、あたしは頷いた。
「公恵には、dashの極秘ライブチケットだって言っておき

ました」
「うん、いいね。あの子ならそれで食いつくよ」
「じつはそのときに３人の男子生徒たちがチケットに興味を持ったみたいで、ほしいって言ってきてるんです」
　あたしはそう言い、カバンに入れっぱなしにしてあったクラス写真を取り出した。
「この３人です」
　あたしは、清水くんと薮木くんと吉本くんの３人をそれぞれ指さした。
「見た目だけじゃどうかよくわからないな」
　優也さんは首を振ってそう言った。
「清水くんは背が高いのだけが取り柄みたいな生徒。薮木くんはそんな清水くんといつも一緒にいて、少し悪ぶってる生徒。吉本くんは真面目で。今日はたまたま２人と一緒にいたみたいです」
　３人のことを簡単に説明すると、優也さんは「う〜ん」と、腕組みをして考え込んでしまった。
　一気に３人も奴隷候補ができたことを喜んでくれると思っていたあたしは、優也さんの態度に少し落ち込んでしまう。
「重要なのは当日、本当に〈mother〉に集まってくれるかどうかだ」
「それは……そうですけど……」
　そう考えると、この３人がちゃんと集まるかどうかは怪しくなる。

３人が共通して興味を持つイベント内容を考えて誘えばよかったけれど、適当な嘘をついてしまったからそれももう遅い。
　チケットを渡してしまえば、あとは３人の判断にゆだねることになる。
　あたしは自分の行動が軽率だったことを実感し、うつむいた。
　『チケットを持ってくる』なんて、言わなきゃよかったんだ。
　教室で調子に乗ってしまったことを反省しても、もう遅いけれど……。
「ごめん、朱里ちゃんを責めているわけじゃないんだよ？」
　優しく手を握られて、あたしは顔を上げた。
　優也さんは申し訳なさそうな表情を浮かべている。
「わかってます」
　そう言うと、優也さんが突然あたしの体を抱き寄せた。
　ただでさえ狭い空間なのに、あたしの体は優也さんにピッタリと密着している状態だ。
　一瞬、頭の中は真っ白になる。
　翔吾以外の男の人に抱きしめられるなんて、考えたこともなかった。
「俺、朱里ちゃんに任せきりで情けなくて……」
「情けないなんて……！」
　優也さんが外へ出るまでにどれほど頑張ってくれていたか、あたしは知っている。

それを伝えたかったけれど、痛みが胸につかえて言葉にならなかった。
　優也さんは、あたしのせいで自分を責めている。
　そう思うと、やり場のない痛みが全身を駆け巡ったんだ。
「ありがとう朱里ちゃん。朱里ちゃんのおかげで奴隷候補の5人はすぐに見つかりそうだね」
　そう言い、優也さんはあたしから身を離した。
　だけど、その笑顔はどこか痛々しく、あたしは笑うことができなかった。
　代わりに、あたしは優也さんの手を強く握りしめた。
　気持ちを伝えるのなら、今しかないと思った。
　一瞬、翔吾の怒ったような顔が脳裏に浮かんだけれど、目の前にいる優也さんを見ているとすぐにかき消された。
「優也さん、あたし、優也さんのことが好きです！」
　勢いでそう言うと、自然と視界が涙でぼやけた。
「朱里ちゃん……」
　すると、優也さんが少し目を見開き、そしてまたほほえんでくれた。
「あたしと……付き合ってください……」
　人生で初めての告白だった。
　翔吾のときは自然な雰囲気で付き合いはじめたから、どちらから告白したというようなことがなかった。
　初めての告白は、心臓がドキドキして今にも張り裂けてしまいそうだった。
　答えはほぼわかっているのに、告白するのはこんなにも

緊張するものなのだと理解した。
「もちろん」
　優也さんも頬を染めてそう答えた。
　そして、
「必ず、奴隷を5人用意して2人で助かろう」
　そう言い、あたしたちはキスをしたのだった。

ニセ物

　翌日の6月10日。
　土曜日まであと3日。
　あたしは、チケットをカバンに大切に入れて登校してきていた。
「おはよう朱里」
「おはよう彩美」
　あたしはニコッとほほえむ。
「なんだか、最近の朱里は変わったね」
　自分の席にカバンを置いたと同時そう言われ、あたしは動きを止めた。
「え?」
「少し前まではあたしとベッタリだったのに、今はいろいろな生徒に自分から声をかけてるから」
「……そうかな?」
「うん。それってさ、やっぱり翔吾くんが原因?」
　突然翔吾の名前が出てきて、あたしの胸はギュッと締めつけられた。
　拳銃で自分を撃って死んでいった、あの忌まわしい光景が一瞬にして蘇ってくる。
「なんで、翔吾?」
　自分の声が震えているのがわかる。
「朱里を置いて、突然いなくなっちゃったから」

彩美の言葉にあたしは奥歯を噛みしめた。
　翔吾はそんなことしてない。
　そんな、ひどい人じゃない。
　そう言いたいけれど、必死で我慢する。
　今は、翔吾のせいにしておいたほうが動きやすい。
　あたしはゆっくりと自分の席に座った。
「いろいろなクラスメートと話をしてたらね、なんだか落ちつくの。みんな変わらない日常を送っているから、あたしも大丈夫だって思える」
「朱里……」
　彩美の表情が曇った。
「でも彩美はそんなに心配しないで？　あたしは自分で自分を保つことくらいできる。きっと、大丈夫だから」
　そう言い、ほほえんだ。
「わかった。でも、無理はしないでよ？」
「うん」
　あたしは頷き、心の中で翔吾に謝罪したのだった。

　しばらく彩美としゃべっていると、清水くんが登校してきた。
「よぉ、世田！　昨日の約束のチケットは持ってきたんだろうな？」
　上から目線でそう言われ、一瞬イラッとする。
　だけどあたしは笑顔で「持ってきたよ」と、答えた。
　カバンから３枚のチケットを取り出す。

それは公恵にあげた物とまったく同じ……に、見えるコピーだった。
　正直、男子3人は当日に来てくれるかどうか怪しい。
　だから、先に本物のチケットを渡しておくのは危険だと判断したのだ。
　当日にちゃんと来てくれれば、その場で本物のチケットを渡せばいい。
　昨日、優也さんと2人で考えたことだった。
「おぉ、これがそのチケットかぁ！」
　清水くんは何も疑うことなく、チケットを受け取って喜んでいる。
「このチケットは本当に希少なものなんだから、当日は必ず来てよ？」
　あたしは念を押してそう言った。
「わかってるって。サンキューな」
　だけど、清水くんは軽い口調でそう言い、自分の席へと歩いていったのだった。
　その口調と、うしろ姿は信用に欠けるものだった。
　あたしは、遠ざかる清水くんの背中をじっと見つめる。
　清水くんたちは来ないかもしれない。
　そんな思いが、ふと頭をよぎる。
　来てくれなかったら……。
　もし清水くんたちが来てくれなかったら、あたしと優也さんはどうなる？
　その先に待ち受けていること考えると、途端に心臓が嫌

な音を立てはじめた。
「絶対に来て!!」と泣き叫ぶことができたら、どんなにいいだろう。
だけど、そんなことはできない。
お願いだから……来て……。
今のあたしは、そう願うしかなかった……。
「ねぇ、昨日からチケット、チケットって、なんで朱里がそんなにチケットを持っているの？」
彩美にそう聞かれて、あたしはドキッとした。
「べ、別に、なんでもないから」
彩美はあたしがバイトをしていないことを知っているから、嘘は通じない。
「それより、昨日のテレビ見た？」
慌てて、話題をそらそうとする。
しかしそれが逆に不自然になってしまい、彩美がジッとあたしを見てくる。
心臓が再びドクドク鳴りはじめ、手に汗をかいた。
いつも一緒にいる彩美は、あたしが普段と違うことに気づいている。
それを証拠に、今、目の前にいる彩美は、あたしに対して疑いの目を向けている。
『動物園のチケット』という説明も、最初から信じてくれていなかったようだ。
あたしは、心の中でため息をつく。
これ以上、誤魔化すのは無理だ。

それに、優也さんも彩美は候補の1人として頭の隅に置いておいたほうがいいと言っていた。
「……〈mother〉で、土曜日にイベントがあるの……」
　あたしは観念して、小さな声でそう言っていた。
　優也さんに渡されたニセ物のチケットはまだある。
　念のためたくさん用意して、余分に渡しておくことになったのだ。
　そして、当日来てくれた早い順番で本物のチケットを渡す。
　そうすれば、5人確実に集まる可能性は格段に高くなる。
　……とくに、あたしのことをいちばん信用してくれている彩美には必ず渡しておくこと。
　それが、優也さんから言われた言葉だった。
　彩美には、開始時刻を10分遅らせて印刷したチケットを用意している。
　つまり、それまでに5人全員が来れば彩美が奴隷になることはないんだ。
　これも、優也さんが配慮して考えてくれたこと。
「イベント？　どんな？」
　彩美がすぐに食いついてくる。
　あたしはゴクリと唾を飲み込み、カバンの中にあるチケットを見た。
「行ってからの……お楽しみ」
「何それ、楽しそうだね！」
　彩美なら不審がって、そんなイベント興味を持たないだ

ろうと思ったけれど、あたしが持っているチケットということで信用しきっている。
　彩美にチケットを渡すなら、今がチャンスだ。
　あたしの手がカバンへ伸びる。
　その瞬間、担任の先生が「席につけよぉ!」と言いながら教室に入ってきた。
　彩美が「あとで詳しく聞かせてね」と言い、前を向いた。
　あたしは伸ばしかけた手を引っ込める。
　それと同時に、ホッとしていたのだった……。

残り1人

　結局、その後もあたしは彩美にチケットを渡すことはできなかった。
　どうしても激しい罪悪感が胸の奥から溢れ出して、彩美用のチケットをカバンから出すことができないのだ。
　その代わり、あたしは1人のクラスメートに目をつけていた。
　女子の中ではいちばん大人しくて目立たない子。
　だけどすごくキレイで、噂では何人もの男と付き合っては貢がせているということだった。
　目立たないだけで外では何をしているのかわからない。
　クラスからも浮いた存在。
　あの公恵でさえ、彼女とは距離をおいていた。
　彼女のことを嫌って遠ざかっているのではなく、公恵のほうが怯えているように見える。
　昼休みに入り、教室を出た彼女を追ってあたしは席を立った。
「ごめん彩美、今日はお弁当を忘れてきちゃったから、食堂で食べてくるね」
　彩美に一言そう言い、教室を出る。
　彼女の名前は松田咲枝。
　長い髪は腰の近くまであって、少しだけ染めている。
　校則に従うなら、結ばなければいけない長さをとっくに

超えているというのに、松田さんはその髪を結んだことがなかった。

　長い髪の毛を追っていくと屋上へと続くドアが現れた。

　いつも昼休みになるとどこかへ行ってしまう子だと思ったけれど、屋上に来ていたのか。

　でも、屋上は普段開放されていない。

　ドアが開かないのに、何をしているんだろう？

　そう思ったときだった、松田さんがスカートから何かを取り出した。

　それは蛍光灯の明かりでキラリと輝いて見えた。

　すると松田さんは、それを屋上へと続くドアの鍵穴に差し込んだのだ。

　カチャ。

　小さく音がして、ドアは簡単に開いた。

　なんで鍵なんて持ってるんだろう……。

　不審に思いながらも松田さんの行動を見ていると、不意にこちらを振り向いた。

　屋上へ続く階段に立っていたあたしは、隠れる場所もなく立ちすくむ。

「あたしに何か用事？」

　大人びたその声に一瞬、体がゾクゾクした。

　同い年なのに、まるで成熟しきった女性のような雰囲気を持っている。

「どこに……いくのかなって、思って」

　あたしはどうにか言葉を発した。

松田さんは公恵たちとは違う、あたしの考えをすべて見透かしてしまっているように見えて視線が泳いだ。
「屋上。一緒に来る？」
　そう言われて、あたしは大きく頷いた。
　まさか誘ってもらえるなんて思っていなかった。
『ほっといて』とか、軽くあしらわれてしまうと思っていた。
　あたしは松田さんに続いて屋上へと出た。
　そこには灰色のコンクリートが広がっていて、日陰はない。
　ただ見晴らしがいいだけの、暑い場所だった。
　屋上へ出ると松田さんはすぐに鍵をかけた。
「鍵、なんで持ってるの？」
　鍵をポケットにしまう松田さんへ向けてそう尋ねる。
「1学期、ここで集合写真を撮ったでしょ」
　松田さんの言葉に、あたしは最近、つねに持ち歩いているクラス写真を思い出していた。
　たしかに、あれは屋上で撮られたものだ。
「そのときにこっそり鍵を持ち出して、合い鍵を作っちゃったの」
　当然のことのように言う松田さんに、あたしは驚いた。
　そんなことをするタイプにも見えない。
「なんでそんなことをするの？」
　あたしの質問に、松田さんは前髪をかき上げた。
「クラス写真を撮ったときからわかってたから。あたしがあのクラスに馴染めないことくらい」

そう言い、クスッと笑う。
それは学校生活を送る上ですごく辛いことのはずなのに、どうして笑えるんだろう。
あたしにはやっぱり松田さんの考えていることがわからなくて、灰色のコンクリートへ視線を落とした。
彼女を選んだのは間違いだったかもしれない。
別世界の人すぎて、完全に彼女のペースにはまってしまう。
「世田さんがあたしについてきた理由は、なんとなくわかってるけどね」
そう言われ、あたしは戸惑った。
まさか奴隷候補について知っているというのだろうか？
だとしたら、いつどこでバレたんだろう？
公恵や清水くんたちにチケットを渡したときだろうか？
あのチケットで気がついたとすれば、松田さんは《奴隷部屋》のことを知っていることになる。
頭の中がぐるぐるとまわっている感覚で、めまいを感じた。
そのときだった。
「あたしの噂の真相を聞きに来たんでしょ？」
そう言われてあたしの思考回路はピタリと停止した。
松田さんの噂……？
一瞬、すべてのことが白紙になってしまったため、その黒い噂を思い出すことができなかった。
しかし、あたしは自分でも無意識のうちに「うん、そうだよ」と、頷いていたのだ。
「男の人からお金をもらってるとか、なんとかってやつ？」

そう聞かれて、ようやく松田さんにそういう噂があることを思い出していた。
「そ、そう……」
　あたしはドキドキしながら頷く。
　奴隷候補を探していることを、知っていたわけじゃなかった……。
　そのことにホッとしながらも、これからどう嘘を塗り重ねていこうかと頭の中で汗が噴き出している。
「事実だよ」
　彼女の一言で、あたしの脳内の汗はピタリと止まった。
　代わりに驚きで目を見開いた。
　こんな簡単に、あの噂を肯定してしまうなんて思っていなかった。
「そうなんだ？」
「うん。あたしには両親がいなくて親戚の家で暮らしているんだけど、中学で義務教育は終わったんだから働けって言われたんだ。だけど、今どき中卒で働き口なんて見つからない。学校に行っていない15歳の女の子をまともに雇ってくれる場所なんてどこにもない。だから、売春や男の人に貢がせてお金を作って、どうにか高校に通わせてもらったの」
　松田さんはなんの感情も持っていないような口調で、ツラツラと身の上話を進める。
　しかしその話は噂話とはあまりにかけ離れていて、あたしには想像もできないような世界だった。

「中学を卒業してから頑張ってお金を作ってたから、実年齢はみんなより1つ上なんだ」
 そう言われ、あたしは目を見開いた。
 そうだったのか。
 やけに大人びていると思っていたけれど、彼女はあたしたちよりも年上だったんだ。
 それに加えて男に抱かれる生活を繰り返していたため、妖艶さが増しているのかもしれない。
 今までは、大人びた彼女を羨ましいと感じたりしていたけれど、事情を知るとその妖艶さが急に切ないものへと変化していた。
 胸のあたりが締めつけられているような感じがする。
 あたしは松田さんのことを何も知らなかったみたいだ。
 でも、これで1つだけわかったことがある。
 彼女は奴隷候補なんかじゃないということだ。
 これからちゃんと高校を卒業して、就職して、幸せを掴んでほしい。
 心からそう願う。
「……あたし、もう行くね」
 松田さんに用事のなくなったあたしは、きびすを返して歩き出した。
 そしてドアに手を伸ばしたとき……呼び止められた。
「ねぇ、待って」
 松田さんの声に反応して手が止まる。
 振り返ると、前髪をかき上げながら松田さんがあたしを

見ていた。
「最近、学校に持ってきているチケットって、いったい何？」
　その質問に、あたしの心臓はドクンッと大きく跳ねた。
「……別になんでもないよ」
　自分の声がか細すぎて、自分自身が驚いた。
「……あたしには関係ないか」
　松田さんが呟く。
『クラス写真を撮ったときからわかってたから。あたしがあのクラスに馴染めないことくらい』
　松田さんがついさっき言ったセリフが蘇る。
「関係ないわけじゃないよ！」
　思わず、そう言っていた。
　松田さんに、これ以上、寂しい思いをしてほしくなくて、声が大きくなっていた。
　言った瞬間、ハッとする。
　松田さんは驚いたようにあたしを見て、ほほえんだ。
　すごく、うれしそうに。
　あたしはスカートの中にあるチケットを指先で確認した。
　これはニセ物のチケットだ。
　渡しても、松田さんが当日来なければいいだけだ。
　でも……これで、彩美を抜いた５人が揃う。
　そう思うと、あたしの中に迷いが生じた。
　これで、奴隷候補を探さなくてよくなる。
　そして、あたしと優也さんは助かるんだ。
「あたしにも、同じチケットをくれない？」

松田さんの声が鼓膜を揺るがす。
　だめ、渡しちゃだめ。
　松田さんはこれから幸せにならなきゃいけない。
　辛い思いをした分、笑ってほしい。
　頭の中でそう繰り返しポケットから出しかけたチケットを、元に戻す。
「あたし、平気なふりをしてたけど本当は寂しかったんだ」
　あたしは松田さんを見た。
　彼女は少し目を伏せて、だけどとても穏やかな表情をしていた。
「こんな自分と仲良くしていると、相手の子まで悪い噂が立ってしまう。だから、仲良くしたくてもできなかった……。こうしてクラスメートの子と会話ができるなんて、思ってもいなかった」
「松田さん……」
　あたしはかける言葉も見つからなかった。
　その代わり自分の心の声に耳を塞ぎ、優也さんならどうするだろうかと考えた。
　いつも冷静で、先のことをしっかりと見ている優也さんなら……。
「ねぇ、イベントって世田さんも行くんでしょ？」
「……うん、行くよ」
　あたしは頷いた。
　そして……チケットを1枚、取り出したんだ。
「それ……！」

「最後の1枚」
　あたしはそう言い、松田さんにそのチケットを差し出した。
「これ、あたしにくれるの!?」
　松田さんはすぐにチケットを受け取ってから、そう聞いてきた。
　まさか本当にチケットをもらえるなんて、思ってもいなかった。
「うん」
　あたしは何も考えず、ただ頷いた。
　無になれ。
　自分が生き残るために感情は邪魔になる。
　無になるんだ。
「ありがとう！　必ず行くね！」
　笑顔でそう言う松田さんに背を向け、あたしは屋上をあとにしたのだった。

予備のチケット

　屋上のドアをうしろ手に閉めた瞬間、あたしは大きく息を吐き出した。
　松田さんと会話している間、無意識に呼吸を止めていたようで、ひどく息苦しい。
　息を吐ききった瞬間、ボロボロと涙がこぼれてきた。
　声を出して泣きそうになるのをグッと我慢して、いちばん近い女子トイレへと駆け込んだ。
　個室に鍵をかけ、自分の指を噛んで嗚咽を殺す。
　松田さんの、チケットを受け取った瞬間のうれしそうな顔を思い出す。
　あたしは最低だ……！！
　松田さんは必ず当日現れるだろう。
　あたしの言葉を疑うこともなく、クラスメートたちと一緒にイベントに行けると信じて。
「……っ！」
　あまりに強く噛みすぎたせいで、人差し指の第１関節から血が流れた。
　鉄のような味がジワリと広がり、脱出の際に死んでいったみんなの顔を思い出した。
　途端に吐き気が込み上げてきて、あたしはそのまま便器に嘔吐した。
　あたしはいったい何をしているんだろう。

友達を騙し、チケットを渡して、そんなことに必死になって……。
　自分が死ねばよかったんじゃないか？
　翔吾と2人になったあの部屋で死ぬのは、やっぱりあたしだったんじゃないか？
　そんな気さえしてくる。
　罪悪感はどんどん膨れ上がり、自分の生きる意味さえ失わせる。
「優也さん……」
　あたしは自然とそう呟いていた。
　胸が押し潰されそうなくらい辛い。
　息をするのもしんどくて、頭が破裂してしまいそうなほどのうつ状態だ。
　あたしはスマホを取り出して、優也さんにメッセージを送った。
【会いたい】
　優也さんに会えば、また《奴隷部屋》を思い出すだろう。
　だけど、同じ境遇に立った優也さんにしかわからないことは山のようにある。
　優也さんからメッセージが返ってくるまでの間、あたしはトイレの個室で1人震えていたのだった……。

　数時間後。
　あたしは学校を早退して優也さんと会っていた。
「朱里ちゃんにばかり負担をかけて、本当にごめん」

優也さんがそう言いあたしの頭を撫でる。
　あたしは心地よい眠気に包まれながら、その感触を感じていた。
　フカフカの布団があたしと優也さんの裸体を包んでいて、部屋には気分が落ちつく音楽が流れている。
　初めてのラブホテルだった。
　優也さんと会った直後のあたしはとても混乱していて、何かを叫びながら泣いていたのを覚えている。
　街中で《奴隷部屋》のことを言いそうになったあたしを落ちつかせるため、やむをえず近くのラブホテルに入った。
　それから優也さんはどうにかあたしを落ちつかせて、その後のことはいまいちよく覚えていない。
　ただ、優也さんと交わしたキスがあまりにも心地よくてそのまま真っ白な世界へと落ちていった感じだ。
「でも、あと少しだから」
　優也さんの声が子守唄のように聞こえてくる。
　あと少し。
　あと少しですべてが終わる。
「辛くなったらいつでも俺を呼び出してくれ。どこにでも行くから」
　うん、優也さんならきっとそうしてくれるよね。
　そう返事をしたかったけれど、もうそんな元気も残っていないくらい眠気があたしを支配していた。
「だから朱里ちゃん、明日は必ず予備のチケットを渡すんだよ？　キミの親友に」

優也さんのそんな声を聞きながら、あたしは眠りについたのだった……。

　両親と顔を合わすのが気まずくて、あたしは玄関から「ただいま」と声をかけてすぐに自分の部屋に入った。
　全身鏡で自分の姿を見ると、一瞬にして頬が赤く染まる。
　優也さんと体の関係になってしまった。
　そのことが今になってリアルに感じられて、体の芯がうずくような熱を持つ。
　キス以上のことはすべて初めてだったため、痛みだけは鮮明に覚えている。
　しかし、その記憶こそがすべてを物語っていてあたしは布で鏡を隠した。
　付き合っていればいつかこうなることはわかっていた。
　一般的に考えたらそれが少し早かっただけのことだ。
　あたしはベッドに寝そべり、優也さんの顔を思い出す。
　あたしの隣で、あたしの頭を撫でながらほほえむ優也さん。
「好き……」
　そう呟くと、顔から火が出るようだった。
　何度かベッドの上で寝返りを打ち、気持ちを落ちつかせようとする。
　しかし、何度も何度も優也さんの甘い声を思い出してしまい、あたしの心臓は静まることがなかった。

　しばらくそんな状態でいると、リビングから夕飯ができ

たという声が聞こえてきてあたしは体を起こした。

　正直胸がいっぱいで食欲なんてなかったけど、普段どおりにしていないと怪しまれるので１階へと向かった。

　キッチンに入ると、あたしの大好物であるチーズののったハンバーグが用意されていた。

　お母さんはあたしを見るなり、しかめっ面をした。
「朱里、あんた最近ハイネックのサマーセーターばかり着ているけれど、どうしたの？」
　そう言われ、ドキッとする。
「ちょっと、風邪っぽくて」
「そうなの？　夏風邪は長引くことが多いから、薬を飲んで早く治しなさいよ？」
「う、うん。わかった」
　あたしはぎこちない笑顔を浮かべて頷いた。
　《奴隷部屋》を出てからずっとハイネックを着ているから、さすがに怪しまれているようだ。
　でも、これを着ていないと首輪をしていることがバレてしまう。
　あたしの行動や思考回路のすべては〈mother〉に把握されているのだから、周囲に首輪の存在がバレた時点で殺される可能性だってある。
　そうなれば、それを目の前で見てしまった人物が消される可能性まで出てきてしまうのだ。
　あたしはなるべく自然な雰囲気で夕飯を食べて、出された薬を素直に飲んだ。

健康な人間が飲んでも大した害はないだろう。
　それからまた自室へと戻り、白いハイネックと部屋着のズボンを準備してお風呂へと向かった。
　寝るときまでハイネックでいるから、さすがに少し息苦しさを感じるときはある。
　でも、ずっとハイネックを着ていないとそのまま外出してしまいそうで怖いのだ。
　脱衣所で裸になるとホッとする。
　サマーセーターといっても、ハイネックだし通気性が悪い服はやはり暑い。
　お風呂に入ってサッパリしよう。
　そう思ったときだった、脱衣所の外から「お風呂に入って大丈夫なの？」と、お母さんに声をかけられた。
　あたしはビクッと身を縮めて、バスタオルで首元から下を隠した。
「熱はないし、お風呂くらい大丈夫だよ」
　あたしは答える。
　風邪を引いたときはあまりお風呂に入らないほうがいいというのは、子どもの頃から聞いていた。
　入浴は体力を消耗することだし、温度変化で症状が悪化するとか言っていたっけ。
「髪を洗ったらしっかり乾かしてから寝なさいよ？」
「わかってるよ」
　あたしはそう答えながら風呂場に入ると、湯船につかったのだった。

そして、翌日の6月11日。
あたしはスマホで今日の日付を確認して、小さく息を吐き出した。
約束の日にちまであと2日。
チケットはニセ物を含めて5人全員に渡すことができた。
でも、問題は5人が必ず〈mother〉に集合してくれるかどうかだった。
だからあたしは今日もまだ、ニセ物のチケットの予備を持って登校してきていた。
ただレアなイベントだと言っている手前、ニセのチケットを多量に配ることはできなかった。
持っているのはたった1枚。
集合時間を10分遅らせて書いてある、あのチケットだけだった。
教室へ入ると、先に登校してきていた彩美と目が合った。
「おはよう朱里」
「お……おはよう」
気持ちの準備を整えるために少し早めに家を出たあたしは、彩美が先に登校してきているとは思っていなかったため、一瞬言葉を詰まらせてしまった。
「どうしたの？　驚いた顔して」
彩美がそう言い、首をかしげる。
「う、ううん。なんでもない」
あたしは慌ててそう言い、自分の席に座った。
カバンの中の教科書を引き出しにうつしながらも、心臓

はバクバクと大きな音を立てていた。
　心の準備がまったくできていない状態で彩美に会ってしまったから、余計に意識してしまっている。
「朱里、今日はちゃんと課題をしてきたんでしょうね？」
　彩美がクルッと振り向いてそう言ったので、あたしは「へ？」とまぬけな顔をしてしまった。
「もぉ〜。また忘れたの？」
　呆れてそう言う彩美。
「課題なんて出てたっけ？」
「はぁ？　もしかして朱里、あたしが送ったメッセージ読んでないの？」
　そう言われ、あたしは慌ててスマホを取り出した。
　登校してくるときに日付を確認しただけで、メッセージが届いているという知らせまでは確認していなかった。
　ちゃんと見てみると、画面の上のほうにアイコンが出ているのがわかった。
「あ……本当だ」
　内容を確認すると、あたしが早退したあとに数学の課題が出たということと、課題の範囲が書いてあった。
「まさかメッセージを読んでないとは思わなかった」
　彩美は大きくため息を吐き出してそう言った。
　課題なんてやっている暇はないのだけれど、そうは言えずにあたしは「ごめん」と、彩美に頭を下げた。
　彩美はあたしのことを思ってメッセージを送ってくれたのに、あたしはそれを確認すらしていなかった。

「ノート見る？」
　彩美にそう言われあたしは素直に頷いた。
　こうして彩美に課題を写させてもらうことを、何度経験してきただろう。
　勉強もできなくて忘れ物ばかりのあたしを、彩美はいつでも助けてくれていた。
　あたしは彩美のノートを書き写しながら、胸の奥が締めつけられるような感覚だった。
　彩美の丸っこくてかわいい文字に、何度助けられてきたんだろう。
　これから先も、ずっと彩美と一緒に高校生活を楽しんでいきたい。
　恋愛相談とか、勉強の相談とか、２人でショッピングなんかも……。
　いっぱいいっぱい、やりたいことが溢れている。
「ねぇ、彩美……」
　ノートを書き写しながらあたしは言った。
「何？」
「もしあたしが、翔吾みたいに突然いなくなったらどうする？」
「え……？」
　彩美が目を見開いてあたしを見る。
「突然、何を言い出すの？」
「真面目に答えて」
　あたしはシャーペンを置いて彩美をまっすぐに見つめた。

その視線に、彩美は戸惑ったように空中へと視線をそらせた。
「……考えるだけでも、悲しいよ」
　あたしの元へ視線が戻ってきたとき、彩美は小さな声でそう言った。
　その声音と表情は暗く沈んでいて、あたしがいなくなったときのことをちゃんと想像してくれたのだということがわかった。
「彩美……あたしは彩美のそばからいなくなりたくない」
　あたしはそう言い、カバンから最後のチケットを取り出した。
「そのチケット……」
　あたしは彩美の言葉に小さく頷く。
「このチケットの正体は、イベントなんかじゃないの」
「え？」
　彩美が眉を寄せてあたしを見る。
　今まで楽しいイベントだと言ってみんなに配っていたのだから、当然だ。
　彩美には……彩美にだけは、本当のことを言って渡そうと思ったんだ。
　イベントだと言えば、彩美は必ず13日に〈mother〉へ来るだろう。
　でも、奴隷になるチケットだと言えば、気持ち悪がってこないかもしれない。
　来なくていい。

そんな思いであたしはチケットを彩美に渡した。
「じつはあたしね、下位レッテル者なの」
　突然のあたしの言葉に、彩美はますます眉を寄せた。
「いきなり、何を言い出すの？　朱里が下位レッテルを貼られるわけないでしょ？」
　彩美は冗談だと捉えたらしく、そう言って笑った。
　しかし、あたしは笑わなかった。
　まっすぐに彩美を見つめたまま、言葉を続ける。
「下位レッテル者が連れていかれる更正施設から、あたしは脱出してきたの。だけど、外へ出ただけじゃダメだった。また、次の試練があったんだ」
　あたしはそう言って軽く奥歯を噛みしめた。
　あれほど過酷な脱出ゲームをさせておいて奴隷から脱出できないなんて、今思い出しただけでも腹が立った。
「〈mother〉の連中は13日に自分の代わりとなる人間を5人連れてこいって言ったの」
　そう言い、あたしはチケットに書かれている日付を指した。
「嘘でしょ？　何を言ってるのかわかんないよ？」
　彩美はその日付を見ながら左右に首を振った。
「嘘じゃないよ。全部本当のこと。ほら、見て」
　あたしはそう言い、ハイネックを少しだけずらした。
　首輪の存在を他者に知られるのは危険な行為。
　それは十分に理解していたけど、彩美があたしの説明を本気で受け止めるためには、これを見せることが必要だと

考えたのだ。
　ハイネックの奥から、銀色の首輪を覗かせる。
　一瞬、呼吸を止めて首輪の変化を待ったけど、電流が流れるような気配はなくてホッと息を吐き出した。
　緊張して、手にはジットリと汗をかいている。
　首輪を見た彩美は一瞬にして顔色を変えたが、彩美自身に変化が起こっている様子もなかった。
　友人が首輪なんてつけている、ということに驚いているだけだ。
「何……それ……」
「〈mother〉でつけられた首輪だよ。これは電流が流れる仕組みになっていて、脱出するまでの間に何人も死んでいった」
「何人も死んだとか、そんなの全然笑えないよ!?」
　彩美があたしから少し離れて声を荒らげた。
「あたし、笑ってなんかないよ？」
「……本気……なの？」
　彩美の言葉にあたしは頷く。
　彩美は手の中のチケットを見下ろした。
「そのチケットを持ってその日付と時間どおりに〈mother〉へ行くと、あたしの代わりに彩美が更正施設に入る」
「そ……んな……」
　彩美の手が小刻みに震えているのがわかった。
「だけどそれは偽物のチケットなの。当日〈mother〉に現れた子だけに本物のチケットを渡すようにしてる」

「……確実に身代わりを5人集めるために?」
「そう」
　あたしは彩美の質問に頷いた。
　頭のいい彩美は戸惑いながら、すぐに事態を理解してくれているようだ。
「身代わりにあたしを選んだ理由は?」
「彩美はあたしの親友だから」
　あたしのその言葉を彩美はどう捉えただろうか?
　あたしにはわからないが、彩美は今にも泣き出してしまいそうな顔であたしを見たのだった……。

最終章

最後の日

　彩美にチケットを渡した日は、学校にいて彩美との会話はほとんどなかった。
　あたしが話しかけても彩美が無視する。
　そんな状態だ。
　でも、あたしは悲しいとは思わなかった。
　朝からあんな話をしてチケットを渡したのだから、無視されて当然だと思った。
　そして翌日。
　6月12日。
　ベッドの上で目が覚めたあたしは、やけにすがすがしい気分になっていた。
　何か、すべてをやり遂げたような気分だ。
　もうあたしの手元にチケットはない。
　それが心を軽くしているのかもしれなかった。
　今日は誰も騙す必要はない。
　誰を選ぼうかと考える必要もない。
　普通の金曜日を送ることができる。
　あたしは窓を開けてスッと空気を吸い込んだ。
　〈mother〉の中心部とは違い、森が近いので空気はキレイだ。
　《奴隷部屋》から脱出して、ようやく深呼吸をしている気分になる。

「どうなってもいいや……」
　あたしはポツリと呟いた。
　ここまで来たんだから生き残りたい。
　そんな思いと、もうどうでもいいという正反対の気持ちが入り混じっている。
　ぼんやりと窓の外を見ていると、不意に誰が勝つか写真投票をしたあの部屋の様子が脳裏に浮かんできた。
　今まで考えないように、考えないようにしてきた引っかかりが、鮮明に浮かんでくる。
　目を閉じてみてもそれは変わらず、あたしはもう一度深呼吸をしたのだった。

　その日、彩美から【今日は学校をサボろう】というメールが送られてきたのは制服に着替えようとしたときのことだった。
　一瞬、どうしたんだろう？　という疑問が浮かんだが、それもすぐにどうでもよくなった。
　今日は最後の日だ。
　学校なんて行かなくてもいいんじゃないか？
　そんな気持ちになってしまった。
　袖を通しかけた制服をベッドの上に置いて、あたしはクローゼットから私服を取り出した。
　学校カバンの代わりに小さなバッグに財布とスマホだけ入れて、『行ってきます』も言わずに家を出た。
　まだ朝早いのに太陽がまぶしくて目を細める。

学校や会社に行く人たちの波に逆らい、歩いていく。
　〈mother〉は、こんなにたくさんの人が暮らしている。
　こんなにたくさんの人が奴隷になる可能性を秘めて生きている。
　自分のレッテルを気にしながら、生きている。
　そう思うと、だんだん歩く歩調は速くなっていく。
　たくさんいるけど、ほんの少しじゃん。
　大きな街だけど、こんなにも小さいじゃん。
　気がつけば、あたしは走っていた。
　奥歯をグッと噛みしめて自由を求めて走っていた。
　この街の外へ出れば、こんなくだらないレッテル制度からも抜け出すことができる。
　みんな気がついて！
　この街は間違えている！
　レッテル制度で治安がよくなるなんてあり得ない！
　レッテルがあるという気持ちがみんなの自由を押さえつけているだけじゃない！！
　心の中でそう叫ぶ。
　誰かに聞いてほしい。
　この街の実状を。
　下位レッテルになれば奴隷になる。
　奴隷になれば……。
　そのときだった、駅に設置されている大きなモニターに歯医者さんのCMが流れはじめた。
　〈mother〉ではすごく有名な歯科医だ。

この顔は見たことがあった。
　奴隷たちがコロッセオで戦っているのを見て、いちばん笑っていた男だ。
　テレビの中の歯科医は優しくほほえみ、虫歯の対策について語っている。
　それを見ていると、胸の奥から怒りや悲しみが波のように押し寄せてくる。
　奴隷になれば、こんな奴らを楽しませるための道具にされる。
「嘘つき!!」
　あたしはモニターに向かって叫んだ。
　周囲の人々が何事かとあたしを見る。
　だけどかまわなかった。
　歯を大切に！
　と、締めくくられたＣＭに唾を吐きかける。
「朱里、どうしたの？」
　うしろから声をかけられて振り向くと、そこには白いワンピース姿の彩美が立っていた。
「彩美……」
　あたしは、ふっと肩の力を抜いた。
「あの歯医者さんが、どうかした？」
「……更正施設の中にいた」
「え？　あの人が？」
「そう……。笑ってた。下位レッテル者が死んでいくのを見て、いちばん楽しんでた」

「どういうこと？」

彩美が混乱した声を出す。

あたしは言いたい気持ちをグッと押し殺し、彩美の手を握って歩き出した。

いつも真面目で課題を忘れたこともない彩美が、今日に限って学校をサボろうと提案してきた。

それはきっと、昨日のあたしの話が本当なんだと思う気持ちが、彩美の中に芽生えているからだろう。

本能的に否定しながらも、完全に否定することができていない。

あたしの言っていることが本当なら、これから先、あたしたちが一緒に遊ぶことはもうないかもしれない。

そんな不安があったんだろう。

「朱里、どこに行く気!?」

そう言われ、あたしは怒りと悲しみを押し殺してほほえんだ。

「今日は１日遊ぶんでしょ？」

この街で。

表面上だけの見せかけの街で。

だけどこの街こそが、あたしが生まれ、そして彩美が生まれた場所だ。

あたしは彩美の手を握り、若者に人気のショップが集まる路地へと向かった。

笑いながら、買い物をしながら、あたしは考えていた。

あたしと、優也さん。

2人同時に生き残るのは、不可能だと。

スーツの男から受け取った茶色い封筒。

あの中身は本当にチケットだけだったんだろうか？

あたしは一度も封筒に触れていないから、それすらわからない。

優也さんはあたしに封筒の中身を見せようともしない。

行く先々の部屋で感じた優也さんへの違和感の理由が、今朝になってようやくわかった今、優也さんへの疑念が深まるばかりだった。

写真投票の部屋で、優也さんは言葉巧みに夏子さんと昭代さんに写真投票の仕方を説明したのだろう。

全員が助かるから大丈夫だからと。

でも、よく考えてみればあの部屋で全員が助かるなんて不可能なんだ。

あの状況だったから、夏子さんと昭代さんは考える暇もなく優也さんの言葉どおりに投票した。

だから、夏子さんはあの部屋で死んだんだ。

優也さんは、最初からあたしと自分だけが生き残るように仕組んでいたんだろう。

だから、次の鏡の部屋でもあたしをかばいながら進んでいた。

2人で脱出すること。

その理由はあたしへの恋愛感情なんかじゃない。

きっと……きっと、優也さんは知っていたんだ。

〈mother〉から出たあと、何が待っているのかを。

思い返せば優也さんは脱出するとき、いつも冷静だった。
　それはまるで、過去に一度脱出ゲームを経験したことがあるのではないかと思えるくらいに。
　いや、きっとそうなんだろう。
　優也さんは過去にも《奴隷部屋》へ入れられている。
　だからこそ冷静に動き、脱出後にあたしを利用するため最後まで生き残らせたんだ。
　表面上だけのこの街で、何を信じて、何を疑えば助かるのか。
　自分がすべてを預けた人間までもを疑わなければ、生き残れないのか。
　こんなことを考えるなんて悲しいけれど、あたしの中の答えは"イエス"だった……。

当日

　6月13日。
　〈mother〉への集合時間は夕方17時。
　あたしは昼ご飯を食べてから家を出た。
　いつものファミレスへと向かう足取りは、少しだけ重く感じる。
　今日、〈mother〉に何人来てくれるかで、あたしと優也さんの未来は決まる。
　ファミレスに入ると、入り口から見える席に優也さんが座っていた。
「こんにちは」
　あたしはそう声をかけて優也さんの前の席に座った。
「やぁ、緊張するね」
　優也さんの表情は硬く、灰皿にはたくさんの吸いガラが捨てられている。
「あまり穏やかな様子じゃないですね」
　あたしはメニューを見ながらそう言った。
「朱里ちゃんは落ちついてるね。俺なんかよりよっぽど肝が据わっててすごいよ」
　そう言い、優也さんは次のタバコを取り出そうとして、やめた。
「タバコ、吸ってもいいですよ？」
「いや……やめておくよ」

優也さんはそう言い、ほほえんだ。
　あたしへの優しさ。
　という演技をしているのだろう。
　残念ながら、優也さんの仕掛けたトラップに気がついてしまったあたしには、そんな優しさ通用しないけれど。
　それでも、あたしはうれしそうにほほえんでみせた。
「優しいんですね」
「それほどでもないよ」
　まわりの人たちには、ほほえみ合う、仲のいいカップルに見えるだろう。
「これから夕方までどうする？」
　優也さんがスマホで時間を確認する。
　まだ13時にもならない。
　さすがに早すぎたか。
　だけど気持ちは焦っていて、のんびり家で待機しているような気分でもなかった。
「とりあえず、チケットを渡したみんなにメッセージを送るつもりでいます」
「あぁ。それがいいね。遅刻しないように、とか、自然な感じでね」
「わかっています」
　あたしは頷いた。
　優也さんも何度も頷く。
「ごめん、ちょっとトイレ」
　落ちつきのない優也さんはそう言って席を立った。

あたしはそのうしろ姿を見送り、そしてテーブルに置かれたままになっている優也さんのスマホへ視線を移した。

自分の手が自然とそのスマホへと伸びる。

翔吾のスマホを確認したこともないあたしが、こんなことをするなんて思ってもいなかった。

優也さんの手元を盗み見て覚えたパスワードを入れて、スマホを開く。

メッセージやメールを確認してみると複数の女性の名前がずらりと並んでいて、そのどれもが愛を語るような内容のものばかりだった。

ある程度予想していたものの、これほどの量だとは思っていなかったためため息が漏れた。

ショックじゃないと言えば嘘になる。

ほんの一瞬でも本気で好きになった相手だから、やはり胸の奥がうずくような痛みに襲われる。

しかし、メールを確認していくとその大半が女性にお金を要求する内容へと変わっていっていた。

愛のささやきのあと、女性の同情を引くような不幸な出来事があったと説明し、少しでもいいから助けてほしいと書かれているものがほとんどだった。

優也さんはこうして女性から金を巻き上げ続けていたため、下位レッテル者になったんだ。

でも、不思議なことに、チケットについてのメールは1通もない。

あたしは優也さんのスマホを閉じて元に戻した。

メールを数件分確認しただけでも、その手段は慣れているように見える。
　だとしたら、やはり優也さんが《奴隷部屋》に入れられたのは今回が初めてではないのだろう。
　自分の推理が現実のものとなって突きつけられ、あたしは小さく震えた。
　もう少しで、あたしも優也さんの都合のいい女になってしまうところだった。
　たぶん、チケットに関するメールは、削除したに違いない。
　優也さんはまず間違いなく、あたしを《奴隷部屋》に送り返すつもりだ。
　そこまでわかっていても、問題はまだある。
　スーツの男からもらった封筒の中身の確認できていないことが、あたしにとっていちばんの障害だった。
　今さらになって封筒を見せてくれと頼むのも、不自然すぎる。
　だけど、あの封筒の中身がチケットだけじゃなかった可能性だってある。
　《奴隷部屋》から脱出する時のように、指示の書かれた紙が入っていたのではないかと、あたしは推測していた。
　指示の内容をどうにかして手に入れなければ、あたしは負けてしまう。
　焦りと不安で手に汗が滲んだ。

「珍しく男子トイレが混んでたよ」

そうこう考えているうちに、優也さんがようやくトイレから戻ってきた。
　あれから10分ほど経過している。
　スマホを戻したときに場所や向きが少し違ったかもしれないが、優也さんはそれには気がつかなかった。
　バレないように、心の中でホッと息を吐き出す。
「これからみんなにこのメッセージを送ろうと思います」
　そう言い、あたしは家であらかじめ作ってきたメッセージを優也さんに見せた。
【今日の17時に〈mother〉に集合！　忘れずに！】
「うん。いいんじゃないかな？　あたりさわりはないし、時刻も場所もちゃんと書いてあるし」
　優也さんにそう言われ、あたしは彩美を除く５人にメッセージを一斉送信した。
　彩美が来るかどうかは、彩美の判断に任せている。
「そろそろ行こうか」
　優也さんがそう言い、立ち上がる。
「行くって、どこへ？」
「〈mother〉の近くだよ。今日集合をかけるってことは〈mother〉側も何か動いているかもしれないだろ？　近づいて確認してみようと思うんだ」
　さすが優也さんだ。
　あたしは頷いて立ち上がった。
　そして周囲を見まわす。
　お昼をすぎた今、お客さんは少なくて、男性の姿は３人

ほどしか見られない。
　優也さんがトイレから戻ってきたあと、男子トイレから出てきた人はいない。
　つまり、珍しくトイレが混んでいたというのは嘘なのだ。
　あたしは優也さんのうしろをついて歩きながら、そのズボンのポケットを見た。
　乱雑に押し込まれている茶色い封筒が、少しはみ出て見えている。
　間違いない。
　優也さんはトイレで、封筒の中身を再確認していたのだ。
　これから自分がどう動けばいいか、考えていたのだろう。
　どっちにしろ、あたしにその封筒の中身を確認する手段はない。
　素直に『見せて』と言っても、きっと無理だろう。
　優也さんのことだから、あたしに見せるためにニセモノを用意している可能性だってある。
　だから、考えるしかないんだ。
　優也さんが今までとってきた行動すべてを思い出し、そして見つけ出すんだ……。

集合時間

　優也さんと〈mother〉の近くまでやってきたのは、時計が14時を指した頃だった。
　集合時間まで、あと３時間。
　あたしはスマホを取り出し、メッセージを確認した。
　ファミレスで送ったメッセージの返事が１件だけ来ていて、それは公恵からだった。
【もちろん！　行くよ!!】
　たくさんの絵文字つきでそう書かれたメッセージ。
　公恵は心配しなくても来てくれるだろう。
　でも、他のメンバーはどうしたのだろう？
　あたしは新着メールが届いていないか確認しながら首をかしげた。
　清水くんや藪木くん、松田さんはメッセージを返すようなタイプじゃなさそうだからいいとして、吉本くんは？
　あの人は、メールやメッセージにすぐ返信するように見える。
　しかし、新着メールは届いていなかった。
「とりあえず、あのカフェに入ろうか」
　優也さんにそう言われ、あたしたちは〈mother〉の正面にあるカフェへと足を向けた。
　最近では見かけなくなったレトロな喫茶店で、中に入ると落ちついた大人の雰囲気があった。

濃いグリーンのエプロンをつけた女性店員さんに案内される前に、手前の２人席に座る。
　こげ茶色のテーブルにはピンクと白の花が飾られている。
　あたしと優也さんはそれぞれ飲み物を頼み、窓の外の〈mother〉を見た。
　こうして座って建物を見てみると、まるで見下ろされているような感覚になる。
　〈mother〉は街のすべてを見下ろし、監視している。
　まさにそんな感じだ。
「スマホを確認してたけど、返事が来てた？」
「１人だけ……」
「１人か……」
　優也さんが渋い顔をする。
　あたしはもう一度メッセージを作った。
　今度は彩美に当てたメッセージだ。
　それを優也さんに見せることなく、送信した。
　あと数時間ですべてが決まると思うと、自然と無口な時間が流れていった。
　今日のためにやるべきことはやった。
　もう、これ以上、何もすることはない。
　グラスの中に入っていた氷が、カランッと音を立てて崩れた。
「あと２時間だ」
　優也さんがスマホを確認してそう言った。
　ドクンッと心臓が大きく跳ねはじめる。

公恵以外のみんなからの返信はまだ来ない。
　彩美に送ったメッセージの返事は【わかった】とだけ、来た。
　もし、公恵以外の子たちが来なかったら、あたしと優也さんは奴隷に逆戻りだ。
　金のある連中の見世物にされ、殺されてしまうだろう。
　あたしはグラスの中の飲み物をすべて飲み干した。
　さっきからお代わりばかり頼んでいるのに、喉の渇きは一向に治まらない。
　口の中は甘味で満たされて少し粘っこく感じる。
　あたしは水を一口飲んで口の中をリセットした。
　そのとき、ふいに優也さんがあたしの手を握りしめてきた。
「俺は、朱里ちゃんのことを信じているから」
　真剣な表情でそう言う優也さん。
　あたしはそんな優也さんを見ても、もう何も思わなくなっていた。
　これが《奴隷部屋》を出た直後なら、うれしくなって頑張ろうという気になれていたかもしれない。
「もう一度、みんなに連絡を取ってみます」
「あぁ。頼むよ」
　優也さんはそう言った。
　メッセージが公恵からしか返ってこないのが、不安なんだろう。
　あたしがメッセージを作って送信している間、優也さんは外を歩く人たちを見ていた。

「誰か探しているんですか？」
「いいや……いや、そうかもしれない」
　曖昧な返事にあたしは首をかしげる。
「もし、この中に奴隷候補になりそうな人がいたら……って、思ってるよ」
「見ず知らずの人にチケットを渡すんですか？」
　あたしは驚いてそう聞いた。
「いざとなれば、そのくらいやる覚悟じゃないと」
　優也さんはそう言い、また窓の外へと視線を向けた。
　今日は土曜日だから、行きかう人たちは私服姿の人がほとんどだった。
「ニセ物のチケットを用意しておいてよかったよ。今からでもこうして奴隷候補を探すことができるんだから」
　優也さんはそう言い、一口コーヒーを飲んだ。
　これから奴隷候補を選ぶなら、すぐに行動したほうがいい。
　見ず知らずの人間からチケットを受け取る人なんて、そうはいないだろうから。
　しかし、優也さんは『探すことができる』と言うだけで動こうとしない。
　あたしはそこに違和感を覚えた。
　優也さんは以前にも一度奴隷候補を５人集め、そして完全な脱出を果たしている。
　そのときに得た何かが、この余裕を作っているのだ。
　あたしは、優也さんのスマホの中にあったたくさんの女性たちの名前を思い出していた。

もしかしたら、優也さんは優也さんで、5人の女性にすでに声をかけているのかもしれない。
　あたしが選んだ5人が来なければ、その5人にチケットを渡せばいい。
　お金まで優也さんに預けてしまう女性たちだ、優也さんが呼べば必ず現れるのだろう。
　そこまで考えて、あたしはテーブルに視線を落とした。
　そこまで1人でできるなら、最初から優也さんが5人集めればよかったんだ。
　なのにそれをしなかったのは……都合のいい女を1人でも失わないため……。
　きっと、そんなところだろう。
　あたしは奥歯を噛みしめた。
　そんなことのためにあたしは1週間かけずりまわり、奴隷候補のクラスメートを選んでいたんだ。
　今さらバカらしさがわいてきて、あたしは口元を緩めた。
　口車に乗せられ、まんまと騙されていたわけだ。
「どうした？」
　あたしが笑っていることに気がついた優也さんが、不思議そうな表情を浮かべる。
　あたしはスマホで時間を確認した。
　17時まで、あと1時間。
　ここに座っているだけで、ずいぶんと時間は経過していたようだ。
　あたしは返事をせず、立ち上がった。

「そろそろ出ましょう」
　そう言うと、優也さんはチラリとあたしを見た。
　だけど何か聞いてくることもなく、
「そうだな」
　優也さんは頷き、席を立ったのだった。

　ふたりで〈mother〉の横に作られている大きな公園へと移動すると、子ども連れの家族がたくさん遊んでいるのが目に入った。
　小さな子どもたちが、高い声を上げながら公園内の遊具で遊んでいる。
「懐かしいな」
　優也さんはそう呟き、子どもたちへと目を向けた。
「この公園、〈mother〉の中じゃいちばん大きいですよね」
「あぁ。そうだな」
　〈mother〉の中心部に買い物へ来たとき、必ずここで遊んで帰った記憶が蘇ってくる。
　この場所では楽しかった思い出しかない。
　でも、この公園のすぐ横の建物の中では非情な殺戮が繰り返されていたのだ。
　そう思うと、吐き気がした。
「そこに座ろうか」
　優也さんも同じことを思っていたのか、暗い表情をしてベンチを指さした。
　あたしは無言で頷き、優也さんと一緒に木製のベンチに

座った。

　陽は弱まりはじめていて、木陰にいればちょうどいい気温だった。
「優也さん、1つ聞いていいですか？」
「何？」
「どうしてニセのチケットなんて思いついたんですか？」

　たった1週間という制限のついた期間中、普通なら奴隷候補を探すことで頭はいっぱいになり、奴隷候補が当日来なかった場合を想定した動きなんて、とてもできる状態ではない。
「あぁ、ピンと来たんだよ。ニセ物を用意しておけば、奴隷候補が現れなくてもチャンスはあるってね」

　そう言い、ニコッとほほえむ優也さん。
「それにしては、冷静ですね」

　あたしはスッと息を吸い込んで、そう言った。

　約束の時間まで、あと40分。

　どこまで優也さんの本心を引き出せるかの、勝負にかかっていた。

　優也さんはあたしの言葉に笑顔を消した。
「どういう意味？」
「奴隷候補を今から探すなんて、到底無理です。1週間かけて探したあたしが言うんだから、間違いありません。それなのに、どうして優也さんはそんなに落ちついていられるんですか？」

　優也さんの表情は引きつり、あたしから視線を外した。

完璧に演じきってきたつもりでいた優也さんの顔が、ここに来て崩れてしまった。
「そ……それは……俺も何人かに声をかけてみたんだ。ほら、朱里ちゃんにばかり頼っているのは、やっぱり男らしくないだろう？」
　早口で、まくしたてるようにそう言う。
　でも、今あたしは冷静だ。
　そんな言葉に簡単には引っかからない。
「今日、その人たちに連絡は取ったんですか？　ずっと一緒にいてそんなそぶりは見えませんでしたけど」
　あたしには連絡をしたほうがいいと言っておきながら、自分が声をかけた相手には連絡しない。
　その行動はすでに矛盾している。
「それは……朱里ちゃんが呼んでくれた子たちが全員来れば、問題ないから」
　その言い方に、あたしの奥で何かがキレる音がした。
「何人か集めることができるなら、最初から半々で集めることを提案することだってできたはずです！　いつでも冷静で、いつでもあたしを心配してくれる優也さんが、そのことに気づかないわけがなかった!!」
　自分の声が公園内に響き渡る。
　遊んでいた子どもたちの声が、一瞬静かになった。
　注目されているのがわかる。
　でも、止められなかった。
「優也さんはわざと提案しなかったんです。自分の……都

合のいい女性を1人でも減らしたくなかったから……」
　あたしはそう言い、呼吸を整えた。
　言いながら涙が浮かんできて、優也さんがどんな顔であたしを見ているのかもわからなくなった。
「約束時間まであと20分。これが、さっきクラスメートに送ったメッセージです」
　あたしは涙を拭ってそう言い、自分のスマホを優也さんの目の前に突きつけた。
　そこには……【今日のイベントは中止になりました】という文字。
　それを読む優也さんはみるみるうちに青ざめていく。
「どういうことだよ‼」
「あたしの友達はここには来ません、1人も‼」
　彩美に送ったメッセージも、これと同じものだった。
　こんな男のために犠牲にしていいクラスメートなんて、誰1人としていないんだから！
「このっ……」
　カッとなった優也さんがあたしに掴みかかる。
　それを見計らい、あたしは「誰か助けて‼」と、大きな声で叫んだ。
　公園内にいた大人たちの視線が、こちらへ集まる。
「助けて‼」
　あたしは、さらに叫んだ。
「何してるんだ！」
　道を歩いていたサラリーマンがタダ事ではないと感じて

くれたようで、駆けつけて優也さんを押さえつけた。
　公園で子どもたちを遊ばせていた人たちが、我に返ったように駆け寄ってくる。
「さっきから口論してる様子だったけど、大丈夫？」
「……大丈夫です……」
　声をかけてくれた女性に、あたしは弱々しく返事をする。
「くそ！　離せよ!!」
　優也さんは体格のいい男性２人に両腕を掴まれて、動けない状態だ。
　あたしはそんな優也さんのうしろにまわり、ポケットにねじ込まれている封筒とスマホを奪った。
「それは……おい、やめてくれ!!」
　そんな声を聞きながら、あたしは公園をあとにした。

　少し手荒だったかもしれないけれど、綿密な計画を練るほどの時間がなかったんだから仕方がない。
　早足に歩いて〈mother〉の入り口まで移動すると、数人のキレイな女性が集まってきているのが見えた。
　これが優也さんの恋人たちか……。
　優也さんのスマホを確認すると、【今ついたよ！】というメッセージが５件、きっちり送られてきていた。
　優也さんは本当に人気者だ。
　そう思い、あたしはクスッと笑う。
　あたしは封筒からチケットを５枚取り出した。
　そして、「やっぱり」と、呟く。

最初、公恵に渡したチケットもニセ物だったのだ。
　あとから作ったと言っていたたチケットが、紙質まですべて公恵に渡したものとそっくりだったため、おかしいと感じていたのだ。
　本物のチケットは思ったよりも分厚くて、丈夫にできている。
　そしてそれ以外にもう1つ封筒から出てきたものは……小さなカードだった。
【7 daysゲームの注意点】
　そう書かれた紙には以下のことが書かれていた。
【チケットは必ず奴隷候補に手渡しすること】
【チケットをより多くの奴隷候補に渡した者を勝ちとする】
　あたしは下に書かれている注意事項を何度も読み直した。
　これもうすうす気がついていたことだったけれど、やはりそうだったのだ。
　このゲームでも勝つのは1人だけ。
　2人一緒に助かるなんて、最初からあり得なかった。
　チケットをニセ物にしたのは、あたしが勝ってしまわないための細工だったのだ。
　あたしは優也さんのスマホを操作し、5人の女性にメッセージを送った。
【そこに立っているハイネックの女の子からチケットを貰い、中へ入ってくれ】
　優也さんのスマホをカバンに隠して待っていると、〈mother〉の前で待っていた女性たちがあたしに気がつい

て近づいてきた。
「こんにちは。あたしたち、優也くんに誘われてきたんだけど」
　茶髪で、いかにも遊んでいそうな女性がそう声をかけてくる。
　あたしは女性にニコッとほほえみかけた。
「これがそのチケットです」
　そう言い、封筒から本物のチケットを取り出して女性に渡した。
「優也くんはどこにいるの？」
　周囲を見まわして優也さんの姿を探す女性に、あたしは「中で待ってますよ。ちなみに、あなたには奴隷になってもらいます」と、答えた。
　女性はあたしの言葉に怪訝そうな表情を浮かべながらも、何も疑うことなく、〈mother〉の中へと吸い込まれていく。
　残りの４人もあたしからチケットを受け取ると、彼女のあとを追いかけるように〈mother〉の中へと入っていったのだった……。

勝者

　５人全員が〈mother〉の中へ入っていったとき拍手の音が聞こえてきて、あたしはそちらへ顔を向けた。
　〈mother〉の入り口の陰から、黒スーツの男が現れてハッとする。
　いつからそこにいたのだろうか。
　完全に気配を消していて、まったく気がつかなかった。
　それとも、これも３Ｄ映像だろうか。
　あたしはたじろぎ、あとずさりをした。
「おめでとう、キミが今回の勝者だ」
　拍手をしながらそう言う黒スーツの男。
「……優也さんはどうなるの？」
「ほう。キミを陥れようとした男のことが気になるのか？」
　おかしそうに笑い、そう言う黒スーツの男。
　すると、〈mother〉のドアが突然開いた。
「どうぞ、入りたまえ。キミを歓迎するよ」
　黒スーツの男に促されて、あたしは〈mother〉へと足を踏み入れたのだった。
　〈mother〉の中に、さっきの女性たちの姿はなかった。
　どこかへ連れていかれたのだろう。
　中は、観光客や一般の人たちで賑わっている。
「こっちだ」
　黒スーツの男がそう言い、エレベーターへと向かう。

それは【従業員専用】と書かれていて、パスワードを入力しなければ動かないエレベーターだ。
　黒スーツの男が素早くパスワードを入力すると、ドアは簡単に開いた。
　医療現場で使われているような広いエレベーターの中は四面鏡になっていて、自分の姿が四方に映っていた。
　それは最後にある鏡の迷路の部屋を思い出させて、一瞬、目の前で血が飛び散ったように見えた。
　エレベーターはほとんど音も立てず動き、そしてどこかの階に到着した。
　スッと扉が開かれた……その瞬間、歓声が沸き起こっていた。
　どこかで見たことのある風景の中にあたしが立っている。
　円形をした格闘場……コロッセオだ……。
　その特等席とも言える観客席に、エレベーターは通じていたのだ。
「どうだ。いい眺めだろう」
　エレベーターの中から出た黒スーツの男が、振り返ってそう言う。
　あたしはエレベーターから一歩外へ足を踏み出した。
　エレベーターの設置されている部分だけ半円形のバルコニーがついていて、そこで観戦できるようになっている。
　バルコニーの手すりには、マイクが固定されている。
　圧倒される景色の中、唖然としているとコロッセオのステージにさっきの女性たち5人が入ってきた。

歓声は一気に大きなものへと変わっていく。

すでに「殺せ!!」と、コールしている人もいる。

そしてもう1人……女性たちが入ってきたのとは逆の扉から……優也さんが入ってきたのだ。

5人の女性はまだ何がはじまるのかわかっていない様子だが、優也さんの目は鋭く、獲物を睨みつけている。

その姿に、あたしはようやく優也さんの本当の顔を見ることができたような気がした。

「どうしてキミはあの男の策略に気がついたんだい？」

黒スーツの男が、ステージを見下ろしながらそう聞いてきた。

「写真投票の部屋で、違和感があったからです」

「ほう……」

あたしはあのとき起こっていたことを冷静に思い返し、考え直した。

優也さんは自分の箱に1枚と、あたしの箱に4枚。

計5枚を投票。

あたしは先に自分の箱に1枚投票していたため、この時点であたしの投票箱には写真が5枚。

優也さんの投票箱には写真は1枚。

次に夏子さん。

夏子さんはまず自分の箱に1枚。

そして、昭代さんと優也さんの投票箱に2枚ずつ。

計5枚を投票。

この時点で夏子さんの投票箱には1枚。

優也さんの投票箱には3枚。

　昭代さんの投票箱には2枚。

　次に、昭代さんが自分の投票箱に1枚。

　優也さんの投票箱に2枚。

　夏子さんの投票箱に2枚。

　計5枚を投票。

　この時点で昭代さんの投票箱には3枚。

　夏子さんの投票箱にも3枚。

　優也さんとあたしの投票箱には5枚。

　このやり方を勲さんのターンまで続けていれば、たしかに夏子さんと昭代さんの投票箱にも5枚が入り、2人は助かっていた。

　でも、実際には勲さんは1人のけ者にされていたため、勲さんは自分の投票箱に1枚しか入れていない。

　つまり、あたしと優也さんだけが5枚になるよう、最初から仕向けられていたのだ。

　とはいえ、誰が勝つかわからなかったのだから、夏子さんの投票箱にBが入っていなかったのはたんなる偶然だ。

　それでも、自分とあたし以外の誰かが死ぬように仕掛けたのは、間違いなく優也さんだ。

「それほど冷静な計画をあの瞬間に立てるなんて普通ならできないんじゃないかって思ったんです。だけど、優也さんがこのゲームの経験者だとすると、それができた」

「なるほど。鋭い洞察力だ」

　黒スーツの男は感心したように何度も頷いた。

「たしかに、あの男がここへ来るのは初めてじゃない。3度目だ」

　黒スーツの男の言葉に、あたしは目を見開いた。

「女に金を貢がせ、時には売春を強要してまで金を作らせた。下位レッテルの常連さ。でも、頭がキレることで我々は彼に注目していた。〈mother〉の中で重要な人物として働くことができるのではないかとね……。しかし、それをキミは見事に出し抜いた。その若さにして、キミは素晴らしい才能を持っている」

「褒められてもうれしくありません」

　そう言いきると、黒スーツの男はおかしそうに笑った。

　そして、マイクの前に立った。

「お集まりのみなさま方、大変お待たせいたしました！　今から今年最大のイベントを開始します！」

　その声に観客たちが歓声を上げ、拳を突き上げて喜んだ。

「この中にいる6人の奴隷たちは普段は男女の関係、または貢ぐ者と貢がせる者の関係にあります！　それが今、こうして敵として対峙しています！」

　6人の関係性に、客たちはまた盛り上がる。

　突然コロッセオのステージに入れられた女性たちに、無理やり首輪がつけられていく。

　女性たちは混乱し、不安と恐怖で泣き出す人がいた。

　しかし……その中でたった1人、しっかりと地面を踏みしめて優也さんを睨んでいる人がいた。

　自分がここで何をするべきなのか、すでにわかっている

のだろう。

「さぁ、今回のお題はこれだ！【6人の中で、もっとも憎む相手を1人殺せ!!】」

5人の女性たちの視線が一斉に優也さんへと注がれる。

優也さんが歯を食いしばり、こちらを見た。

一瞬だけ優也さんと目が合った気がして、あたしは小さく呟いた。

「さようなら」

そう言った次の瞬間、優也さんを睨みつけていた女性が動いた。

とっさのことで油断していた優也さんはその場に尻餅をついてしまい、逃げられない。

女性は優也さんの上に馬乗りになり、その顔を殴りはじめた。

しかし、体重の軽い女性1人で優也さんの動きを封じるのは難しい。

すると、うしろのほうで棒立ちになっていた4人の女性も行動に出た。

優也さんの両手両足を封じ、攻撃に参戦する。

5人同時に抑え込まれると、さすがの優也さんでも身動きが取れなくなる。

女性たちは泣きながら、時には叫びながら優也さんを暴行した。

優也さんは女性たちの弱い力では完全に気絶してしまうこともできず、その痛みに何度も悲鳴を上げた。

繰り返し顔を殴りつけられ、腹を踏みつけられ、ようやくその顔から血が流れはじめた。
　優也さんのうつろな表情が大画面で写し出されると、「殺せ！　殺せ！」と、コールがはじまる。
　一度は愛した人が目の前で命を失おうとしている。
　あたしを騙し、利用して、自分だけが助かろうとしていた最低な男。
「ころ……せ……殺せ！　殺せ！」
　愛情は憎しみへと変わり、あたしは涙を流しながらそう声を上げていた。
　汚い金持ちたちに交ざり、汚い言葉を連呼する。
　黒スーツの男は驚いたようにあたしを見て、そして愉快そうに笑った。
　気づかない間に黒スーツの男が手元で何かを操作して、その瞬間あたしの首輪が外れるほど緩くなった。
　あたしはそれに気づきながらも、「殺せ！　殺せ！」と、コールを送る。
　大画面の中の優也さんと目が合った。
　優也さんは真っ赤に充血した目であたしを見る。
　その目は恐怖で痙攣していて、次の瞬間、女の拳で覆い隠された。
　そして、優也さんは完全に動かなくなった。
　客たちの歓声が、どこか遠くに感じられる。
「これが、〈mother〉の本性だ」
　黒スーツの男がそう言い、あたしの首から首輪を抜いた。

久しぶりに首に軽さを感じる。
　あたしは黒スーツの男を見た。
　これが〈mother〉。
　あたしは〈mother〉で生まれ、〈mother〉で育った。
　そして、これから先も〈mother〉で生きていく。
　体内に埋め込まれたチップに監視され、レッテルに怯えながら。
「キミは人生の勝者だ。ここにいる全員と同じ、素晴らしい職を与えよう！」
　マイクを通し黒スーツの男がそう言った。
　あたしへ向けた拍手と歓声が沸き起こる。
　もしかして……ここにいる全員は《奴隷部屋》からの勝者……!?
　あたしはあとずさりをした。
「数年後にはキミも、ここでコロッセオを観戦する立場になるだろう。もっとも……職を与えたのにもかかわらず女を騙し続けていた彼のようにさえならなければ……な」
　黒スーツの男はそう言い、画面に映し出されている優也さんの死体を指さしたのだった……。

未来へ

　6月15日、月曜日。
　朝が来た。
　あたしはベッドの上から窓の外を見た。
　よく晴れていて、小鳥の鳴き声が聞こえてくる。
　あれから2日がたったなんて信じられなかった。
　今でも首に触れるとあの首輪があるんじゃないかと思うけれど、そこに冷たい金属はもうなかった。
　あたしはベッドから起き上がりクローゼットを開けた。
　中に入れられていたハイネックのセーターは知らない間に回収され、見慣れた服しかかかっていない。
　あたしは制服に袖を通した。
　優也さんが死んだあの日、あたしの胸にはポッカリと穴が開いたような感じがしていた。
　恋人を失った悲しみとはまた違う、何かだ。
　あたしはロクに朝食もとらず、ダラダラと歩いて学校へと向かった。
　いつもと変わらない日常が今日からはじまる。
　それは、ずっと望んでいたことだった。
　バカバカしいゲームなんて早く終わらせたかった。
　それなのに……。

「今日って全校集会なんてあったっけ？」

彩美の言葉に、あたしは「聞いてないよね」と、返事をした。

登校してきたあたしたちは、ホームルームの時間に体育館へと集められていた。

その理由がどうも曖昧で、体育館へ入っても一向に先生たちが来ないのだ。

生徒だけが全員集められた状態で、何をすればいいかわからない。

そのときだった。

突然、体育館のドアが外から閉められた。

「おい、鍵かけられてんだけど」

ドアの近くにいた生徒がボソリと言う。

「なになに？　何かのサプライズ？」

「体育館とか暑いんだけど」

「先生まだぁ？」

そんな声があちこちから聞こえてくる。

そんな中スピーカーから聞こえてきたのは……あの男の声だったのだ。

「みなさま、はじめまして。マスターと言います。この梅田高校には素晴らしい人材が揃っているかもしれないと推測し、今回〈mother〉の作り出したゲームの参加高校として選ばれました」

黒スーツの声にざわめきが大きくなる。

あたしは自分の体の芯が震えるのがわかった。

ぽっかりと開いていた部分が徐々に埋まっていく。

「このゲームでの勝者は、将来〈mother〉内での職を自由に選ぶことのできる特典をつけます」
「マジかよ!?」
「どうせ冗談でしょ？　そんなことできるわけないじゃん」
「ゲームってなんだよ、早く説明しろ!!」

　そんな声が飛ぶ中、あたしは体育館の周囲が分厚い壁に覆われていくのを見ていた。
　完全に封鎖されていく体育館に、ゾクゾクと体がうずく。
　なんだろう、この感覚は。
　これから体育館の中で生死をかけた戦いがはじまる。
　そうわかっているのに……あたしは笑っていた。
　日常とは違う、非日常へ。
　命をかけた戦いは生きていると実感できる。
　思えば、あたしは今まで"生きている"と感じたことがあまりなかった。
　だから、翔吾と心中することにだって、あまりためらいがなかったんだ。
　でも、今は違う。
　勝ちたい。
　生きたい。
　そんな気持ちを強く感じている。
　高揚感が体中をかけめぐり、《ゲーム》を欲しがっているのがわかる。
「ふっ……」
　思わず笑みがこぼれた。

「どうしたの?　朱里」
　不安そうな顔をした彩美があたしの顔を覗き込む。
　あたしは涙を浮かべて彩美を見た。
「なんだか怖くて……」
　あたしは心にもないことを言い、彩美の手を握りしめる。
　あたしの《ゲーム》は、すでにはじまっていたのだった……。

　　　　　　　　　　　　　　　　　　　END

あとがき

こんにちは。
今回の『絶叫脱出ゲーム』で5冊目の著書となり、幸せで舞い上がっている西羽咲花月です。

この作品は前回の『カ・ン・シ・カメラ』と同様に、バイト先でひらめいたネタになります。
数年前のある日、常連のお客さまから年齢を聞かれ「30歳です」と返事をしたところ、「ありゃぁ30歳すぎちゃったのか。じゃあ、半額シールを貼らないとね」と言われたのがきっかけです（笑）
普段は仲のよいお客さまですが、このときばかりは割り箸をヘシ折りたい気分になりました。
（みなさまも、思いもよらぬところで自分の素行や言動を晒されるということを教訓にしてください（笑））
しかし、この《半額シール》が《下位レッテル》となり、『絶叫脱出ゲーム』は生まれました。

そんなひどいエピソードがきっかけになった作品ですが、読むのも書くのも大好きな密室ホラーです！
相手を疑い陥れ、這い上がる。
何が本当で、何が嘘なのかを死ぬ気で見極める。
私自身、そんなに頭がいいわけじゃないのでひねったも

のは書けませんが、命がけの策略は読んでいてハラハラドキドキしますよね！

　どのキャラクターが嘘をついているのか？

　キャラクターを疑いながら作品を読んでいると、つい夢中になりすぎて呼吸をすることも忘れてしまいます。

　それほど好きな密室ホラーなのですが、『絶叫脱出ゲーム』の出版が決まったときは、"まさか!?"という気持ちのほうが強かったです。

　自分が助かるために相手を犠牲にするような作品は、あまり好まれないんじゃないかな？

　子ども向けとしては悪影響じゃないかな？

　そんな思いがあったからです。

　それでも、こうして形になったことを本当にうれしく思います！

　それもこれも、サイトでいつも読んでくださっているみなさま、文庫を手に取ってくれたあなたさま。

　そして、スターツ出版のみなさま、応援してくれる周囲の方々の支えがあるからこそです！

　本当に、ありがとうございました！！

　P.S.　常連のお客さまへ

　お客さまのおかげで書籍化されたので、『半額シール』発言はチャラにして差し上げます（笑）

　　　　　　　　　　　　　　2016.6.25　西羽咲花月

この物語はフィクションです。
実在の人物、団体等とは一切関係がありません。

西羽咲花月先生への
ファンレターのあて先

〒104-0031
東京都中央区京橋1-3-1
八重洲口大栄ビル7F

スターツ出版（株）書籍編集部 気付
西羽咲花月先生

絶叫脱出ゲーム ～奴隷部屋カラ今スグ逃ゲロ～

2016年6月25日　初版第1刷発行

著　者	西羽咲花月
	©Katsuki Nishiwazaki 2016
発行人	松島滋
デザイン	黒門ビリー&フラミンゴスタジオ
Ｄ Ｔ Ｐ	株式会社エストール
編　集	酒井久美子
発行所	スターツ出版株式会社
	〒104-0031 東京都中央区京橋1-3-1　八重洲口大栄ビル7F
	ＴＥＬ 販売部03-6202-0386（ご注文等に関するお問い合わせ）
	http://starts-pub.jp/
印刷所	共同印刷株式会社

Printed in Japan

乱丁・落丁などの不良品はお取替えいたします。上記販売部までお問い合わせください。
本書を無断で複写することは、著作権法により禁じられています。
定価はカバーに記載されています。

ISBN 978-4-8137-0115-6　C0193

ケータイ小説文庫　2016 年 6 月発売

『サッカー王子と同居中！』桜庭成菜・著

高校生のひかるは、親の都合で同級生の相ケ瀬くんと同居することに！　学校では王子と呼ばれる彼はえらそうで、ひかるは気に入らない。さらに彼は、ひかるのあこがれのサッカー部員だった。マネになったひかるは、相ケ瀬くんのサッカーへの熱い思いを感じ、惹かれていく。ドキドキの同居ラブ！

ISBN978-4-8137-0110-1
定価:本体 570 円＋税

ピンクレーベル

『好きになれよ、俺のこと。』SELEN・著

高1の鈍感＆天然の陽向は、学校1イケメンで遊び人の安堂が告白されている場面を目撃!!　それをきっかけにふたりは仲よくなるが、じつは陽向は事故で一部の記憶をなくしていて…?　徐々に明らかになる真実とタイトルの本当の意味に大号泣!!　第 10 回ケータイ小説大賞優秀賞受賞の切甘ラブ!!

ISBN978-4-8137-0112-5
定価:本体 580 円＋税

ピンクレーベル

『君の世界が色をなくしても』愛庭ゆめ・著

高2の結は写真部。被写体を探していたある日、美術部の慎先輩に出会い、彼が絵を描く姿に目を奪われる。今しかないその一瞬を捉えたい、と強く思う結。放課後の美術室は2人だけの場所になり、先輩に惹かれていく結だけど、彼は複雑な事情を抱えていて…?　一歩踏み出す勇気をくれる感動作！

ISBN978-4-8137-0114-9
定価:本体 580 円＋税

ブルーレーベル

『キミを想えば想うほど、優しい嘘に傷ついて。』なぁな・著

高2の花凛は、親友に裏切られ、病気で亡くなった父のことをひきずっている。花凛は、席が近い洸輝と仲よくなる。明るく優しい洸輝に惹かれていくが、洸輝が父を裏切った親友の息子であることが発覚して…。胸を締めつける切ないふたりの恋に大号泣！　人気作家なぁなによる完全書き下ろし!!

ISBN978-4-8137-0113-2
定価:本体 570 円＋税

ブルーレーベル

ケータイ小説文庫 好評の既刊

『カ・ン・シ・カメラ』 西羽咲花月・著

彼氏の楓が大好きすぎる高3の純白。だけど、楓はシスコンで、妹の存在は純白をイラつかせていた。自分だけを見てほしい。楓をもっと知りたい。そんな思いがエスカレートして、純白は楓の家に隠しカメラをセットする。そこに映っていたのは、楓に殺されていく少女たちだった。そして混乱する純白の前に現れたのは……。衝撃の展開が次々に押し寄せる驚愕のサスペンス・ホラー。

ISBN978-4-8137-0064-7
定価:本体580円+税

ブラックレーベル

『彼氏人形』 西羽咲花月・著

高2の陽子は、クラスメイトから"理想的な彼氏が作れるショップ"を教えてもらう。顔、体格、性格とすべて自分好みの人形と疑似恋愛を楽しもうと、陽子は軽い気持ちで彼氏人形を購入する。だが、彼氏人形はその日から徐々に凶暴化して…。人間を恐怖のどん底に陥れる彼氏人形の正体とは!?

ISBN978-4-88381-968-3
定価:本体550円+税

ブラックレーベル

『リアルゲーム』 西羽咲花月・著

ゲームが大好きな高2の芹香。ある日突然、芹香の携帯電話が壊れ、画面に「リアルゲーム」という表示が。芹香は気味の悪さに怯えつつも、なぜかそのゲームに惹かれ、登録してしまう。だが、軽い気持ちで始めたゲームは、その後次々に恐ろしい出来事を巻き起こす「死のゲーム」だった!?

ISBN978-4-88381-938-6
定価:本体570円+税

ブラックレーベル

『爆走 LOVE ★ BOY』 西羽咲花月・著

かわいいけどおバカな亜美は受験に失敗し、全国的に有名な超不良高校へ。女に飢えたヤンキーたちに狙われるキケンな日々の中、亜美は別の高校に通う彼氏・雅紀が見知らぬ女といるところを目撃し別れを告げる。その後、高3の生徒会長・樹先輩と付き合うが、彼には"裏の番長"という別の顔が!?

ISBN978-4-88381-758-0
定価:本体540円+税

ピンクレーベル

ケータイ小説文庫　好評の既刊

『スターズ＆ミッション』 天瀬ふゆ・著

成績学年首位、運動神経トップクラスの優等生こころは、誰もが認める美少女。過去の悲しい出来事のせいで周囲から孤立していた。そんな中、学園トップのイケメンメンバーで構成される秘密の学園保安組織、SSOに加入することに。事件の連続にとまどいながらも、仲間との絆をふかめていく！

ISBN978-4-8137-0098-2
定価：本体 650 円＋税

ピンクレーベル

『手の届かないキミと』 蒼井カナコ・著

地味で友達作りが苦手な高２のアキは、学年一モテる同じクラスのチャラ男・ハルに片思い中。そんな正反対のふたりは、アキからの一方的な告白から付き合うことに。だけど、ハルの気持ちが見えなくて不安になる恋愛初心者のアキ。そして、素直に好きと言えない不器用なハル。ふたりの恋の行方は!?

ISBN978-4-8137-0099-9
定価：本体 580 円＋税

ピンクレーベル

『ひとりじめしたい。』 sAkU・著

中学卒業と同時に一人暮らしをはじめた美乃里。ところが、ある事件をきっかけに、隣に住むイケメンの蜜が食事のたびに美乃里の家に来るようになる。その後、蜜は同じ高校に通う１コ上の先輩だとわかるが、奇妙な半同棲生活は続き、互いに惹かれ合うように。だけど、なかなか素直になれない美乃里と蜜。さらに、ふたりの前にはつねに邪魔者が現れ…。

ISBN978-4-8137-0087-6
定価：本体 590 円＋税

ピンクレーベル

『ハムちゃんが恋したキケンなヤンキー君。』 *メル*・著

風邪を引き、１週間遅れて高校に入学した公子。同じく休んでいた後ろの席の緒方と仲よくなりたいと思っていたけど、彼は入学早々、停学になっていたヤンキーだった！　ハム子と名前を読み間違えられたあげく、いきなり付き合えと言われて!?　危険なヤンキー君にドキドキしちゃうのは、なんで…？

ISBN978-4-8137-0088-3
定価：本体 590 円＋税

ピンクレーベル

ケータイ小説文庫 好評の既刊

『あなたがいたから、幸せでした。』如月 双葉・著

家庭の問題やイジメに苦しむ高2の優夏。すべてが嫌になり学校の屋上から飛び降りようとしたとき、同じクラスの拓馬に助けられる。拓馬のおかげで優夏は次第に明るさを取り戻していき、ふたりは思い合うように。だけど、拓馬には死が迫っていて…。命の大切さ、恋、家族愛、友情が詰まった感動作。
ISBN978-4-8137-0102-6
定価：本体570円+税

ブルーレーベル

『1495日の初恋』蒼月ともえ・著

中3の春、結は転校生の上原に初めての恋をするが、親友の綾香も彼を好きだと知り、言いだせない。さらには成り行きで他の人と付き合うことになってしまい…。不器用にすれ違うそれぞれの想い。気持ちを伝えられないまま、別々の高校に行くことになった2人の恋の行方は…？ 感動の青春物語！
ISBN978-4-8137-0100-2
定価：本体610円+税

ブルーレーベル

『太陽の声にのせて』cheeery・著

友達も彼氏もいて、なんの不満もない高校生活を送っていた高1の友梨。だけど、思っていることを言葉にできない自分に嫌気がさしていた。そんな友梨の前に現れたのは、明るくて人気者の太陽。そんな太陽が友達・彼氏と人間関係に悩む友梨に、本物の友情とはなにか教えてくれる…。大人気作家cheeery初の書き下ろし作品！
ISBN978-4-8137-0101-9
定価：本体540円+税

ブルーレーベル

『ひまわりの約束』白いゆき・著

高校に入学したばかりの彩葉は、同じクラスの陸斗にひとめぼれする。無口でいつもひとりでいる彼にアプローチするが、全然ふりむいてもらえない。実は陸斗は心臓に病気を抱えていて、極力人とのかかわりをさけていたのだ。それを知った彩葉はもっと彼を好きになるが…。切なさに号泣の恋物語。
ISBN978-4-8137-0090-6
定価：本体590円+税

ブルーレーベル

ケータイ小説文庫　2016年7月発売

『だから、好きだって言ってんだよ』miNato（ミナト）・著

高1の愛梨は、憧れの女子高生ライフに夢いっぱい。でも、男友達の陽平のせいで、その夢は壊されっぱなし。陽平は背が高くて女子にモテるけれど、愛梨にだけはなぜかイジワルばかり。そんな時、陽平から突然の告白！　陽平の事が頭から離れなくて、たまに見せる優しさにドキドキさせられて…!?
ISBN978-4-8137-0123-1
予価：本体 500 円＋税

ピンクレーベル

『愛して。（仮）』水瀬甘菜（みなせかんな）・著

高2の真梨は絶世の美少女。だけど、その容姿ゆえに母からは虐待され、街でもひどい噂を流され、孤独に生きていた。そんなある日、暴走族・獅龍の総長である蓮と出会い、いきなり姫になれと言われる。真梨を軽蔑する獅龍メンバーたちと一緒に暮らすことになって…?　暴走族×姫の切ない物語。
ISBN978-4-8137-0124-8
予価：本体 500 円＋税

ピンクレーベル

『白球と最後の夏』rila。（リラ）・著

高3の百合子は野球部のマネージャー。幼なじみのキャプテン・稜に7年ごしの片想い中。ふたりの夢は小さな頃からずっと"甲子園に出場すること"で、百合子は稜への気持ちを隠し、マネとして彼の夢を応援している。今年は甲子園を目指す最後の年。甲子園への夢は叶う？　ふたりの恋の行方は…?
ISBN978-4-8137-0125-5
予価：本体 500 円＋税

ブルーレーベル

『首取りゲーム（仮）』未輝乃（みきの）・著

高1の道香は、『ゲームに勝つと1億円が稼げる』というバイトに応募する。全国から集められた500人以上の同級生とともにゲーム会場へと連れていかれた道香たちを待ち受けていたのは、負けチームが首を取られるという『首取りゲーム』だった…。1億円を手にするのは、首を取られるのは…誰!?
ISBN978-4-8137-0127-9
予価：本体 500 円＋税

ブラックレーベル

書店店頭にご希望の本がない場合は、
書店にてご注文いただけます。